अगर पेड़ बोलते - प्रकृति का संदेश

प्रकृति, मनुष्य और जीवन का सच

रविराज सिंह नाग

Made with ♥ on the Notion Press Platform
www.notionpress.com

समर्पण

यह पुस्तक
धरती की उस हरियाली को समर्पित है
जो बिना किसी अपेक्षा के
सदियों से मानव जीवन को सहारा देती आ रही है।

यह पुस्तक उन पेड़ों को समर्पित है
जो तपती धूप में खड़े रहकर भी
मनुष्य को शीतल छाया देते हैं।
जो स्वयं मिट्टी में जड़ें फैलाकर
धरती को थामे रखते हैं
और बदले में केवल इतना चाहते हैं
कि मनुष्य उन्हें जीवित रहने दे।

यह पुस्तक उन नदियों को समर्पित है
जो पहाड़ों से निकलकर
सैकड़ों गाँवों और शहरों की प्यास बुझाती हैं।
जो अपने प्रवाह में जीवन को आगे बढ़ाती हैं
और कभी किसी से कुछ नहीं माँगतीं।

यह पुस्तक उन पक्षियों को समर्पित है
जो हर सुबह अपने गीतों से
प्रकृति को जीवंत बना देते हैं।
जो हमें यह याद दिलाते हैं
कि जीवन की सच्ची खुशी
स्वतंत्रता और सादगी में छिपी होती है।

और यह पुस्तक समर्पित है
उस प्रकृति माता को
जिसकी गोद में यह पूरा संसार पलता है।
जिसकी मिट्टी से हमारा शरीर बना है
और जिसकी हवा से हमारी साँसें चलती हैं।

यदि इस पुस्तक को पढ़ने के बाद
कोई एक व्यक्ति भी
एक पेड़ लगाने का संकल्प ले ले
या प्रकृति को थोड़ा अधिक सम्मान देने लगे,
तो इस पुस्तक का उद्देश्य सफल हो जाएगा।

क्रम-सूची

क्रम-सूची

क्रम-सूची

क्रम-सूची

कॉपीराइट पृष्ठ

पुस्तक का शीर्षक : अगर पेड़ बोलते – प्रकृति, मनुष्य और जीवन का सच

लेखक : रविराज सिंह नाग

शिक्षा : बी.एस.सी. (गणित)

प्रथम संस्करण : 2026

लेखक वर्तमान में पश्चिम मध्य रेलवे (WCR), जबलपुर के अकाउंट्स विभाग में वरिष्ठ लेखाकार (Senior Accountant) के पद पर कार्यरत हैं।

मुद्रण : भारत में

प्रस्तावना

प्रस्तावना

मनुष्य ने सभ्यता के लंबे सफर में बहुत कुछ हासिल किया है।
ऊँची इमारतें बनाई हैं, विशाल शहर बसाए हैं, नई-नई तकनीकें विकसित की हैं और विज्ञान के माध्यम से असंभव को संभव करने की दिशा में कदम बढ़ाए हैं।

लेकिन इस प्रगति की दौड़ में एक चीज धीरे-धीरे पीछे छूटती चली गई—
प्रकृति के साथ हमारा संबंध।

कभी मनुष्य जंगलों के बीच रहता था।
पेड़ उसके साथी थे, नदियाँ उसकी जीवनधारा थीं और पहाड़ उसके रक्षक।
वह प्रकृति के नियमों को समझता था और उसके साथ संतुलन बनाकर जीता था।

समय बदला...
शहर बढ़ते गए...
जंगल घटते गए...
और मनुष्य प्रकृति से दूर होता चला गया।

आज हम जिस दुनिया में रहते हैं, वहाँ विकास की गति तेज है, लेकिन इसके साथ-साथ प्रकृति की पीड़ा भी बढ़ती जा रही है।
कटते जंगल, सूखती नदियाँ, प्रदूषित हवा और बदलता मौसम—ये सब हमें बार-बार यह याद दिलाते हैं कि प्रकृति का संतुलन बिगड़ रहा है।

कभी-कभी मन में एक प्रश्न उठता है—

अगर सच में पेड़ बोल सकते,
तो वे हमसे क्या कहते?

क्या वे हमें अपने दर्द की कहानी सुनाते?
क्या वे हमें यह बताते कि हमने धरती के साथ क्या किया है?
या फिर वे हमें जीवन का कोई ऐसा सत्य बताते
जिसे हम अपनी भागदौड़ में भूल चुके हैं?

इन्हीं प्रश्नों से इस पुस्तक की कल्पना जन्म लेती है।

"अगर पेड़ बोलते" केवल एक कहानी नहीं है,
बल्कि यह मनुष्य और प्रकृति के बीच छिपे उस संवाद की कल्पना है
जो शायद कभी शब्दों में व्यक्त नहीं हुआ।

इस पुस्तक की कथा में एक साधारण मनुष्य
प्रकृति के बीच जाकर

पेड़ों, नदियों और जंगल की आवाज़ सुनता है।
उनकी बातों में केवल शिकायत ही नहीं,
बल्कि जीवन के गहरे सत्य भी छिपे होते हैं।

प्रकृति हमें सिखाती है—
धैर्य क्या होता है,
संतुलन क्या होता है,
और सादगी में भी कितना सौंदर्य छिपा होता है।

एक पेड़ वर्षों तक चुपचाप खड़ा रहता है।
वह शिकायत नहीं करता,
अहंकार नहीं करता,
बस देता ही रहता है—
फल, फूल, छाया और जीवन।

शायद इसलिए पेड़ हमें जीवन का सबसे बड़ा पाठ सिखा सकते हैं—
देना और संतुलन में जीना।

यह पुस्तक उसी विचार की एक छोटी-सी अभिव्यक्ति है।
यह एक कल्पना है, लेकिन इसके भीतर छिपे भाव और संदेश हमारे वास्तविक जीवन से जुड़े हुए हैं।

यदि इस पुस्तक को पढ़ते समय पाठक
प्रकृति के प्रति थोड़ा अधिक संवेदनशील हो जाएँ,
यदि उन्हें यह महसूस हो कि पेड़ केवल लकड़ी नहीं बल्कि जीवन का आधार हैं,
तो इस पुस्तक का उद्‌देश्य पूरा हो जाएगा।

क्योंकि अंत में यही सत्य है—

मनुष्य और प्रकृति अलग नहीं हैं।
हम दोनों एक ही जीवनधारा के दो रूप हैं।

और शायद...
अगर पेड़ सच में बोल पाते,
तो वे हमें यही याद दिलाते।

भूमिका

भूमिका

मनुष्य और प्रकृति का संबंध उतना ही पुराना है जितना स्वयं जीवन। जब मानव सभ्यता की शुरुआत हुई, तब मनुष्य जंगलों के बीच रहता था, पेड़ों की छाया में विश्राम करता था और नदियों के जल से अपनी प्यास बुझाता था। उस समय मनुष्य और प्रकृति के बीच एक गहरा और स्वाभाविक संबंध था।

समय के साथ मनुष्य ने प्रगति की। उसने शहर बसाए, ऊँची-ऊँची इमारतें बनाई, विज्ञान और तकनीक में अद्भुत उपलब्धियाँ प्राप्त कीं। यह प्रगति निश्चित ही मानव बुद्धि और परिश्रम का परिणाम है, लेकिन इसी यात्रा में मनुष्य धीरे-धीरे प्रकृति से दूर होता चला गया।

आज स्थिति यह है कि वही मनुष्य, जो कभी पेड़ों की छाया में जीवन बिताता था, अब कंक्रीट के जंगलों में घिर गया है। विकास की दौड़ में उसने जंगलों को काटा, नदियों को प्रदूषित किया और हवा को भी दूषित कर दिया। परिणामस्वरूप प्रकृति का संतुलन धीरे-धीरे बिगड़ता चला गया।

इसी विचार ने इस पुस्तक की प्रेरणा दी।

“अगर पेड़ बोलते” केवल एक कल्पना नहीं है, बल्कि एक ऐसा विचार है जो हमें यह सोचने पर मजबूर करता है कि यदि प्रकृति सच में मनुष्य से बात कर पाती, तो वह हमसे क्या कहती? शायद वह हमें हमारी भूलों का एहसास कराती, हमारे व्यवहार पर हल्का व्यंग्य करती और साथ ही हमें जीवन की सरल लेकिन गहरी शिक्षाएँ भी देती।

इस पुस्तक में गद्य के माध्यम से एक ऐसी कल्पना प्रस्तुत की गई है जिसमें पेड़ और प्रकृति के अन्य तत्व मनुष्य के जीवन, उसके व्यवहार और समाज की वास्तविकताओं पर प्रकाश डालते हैं। कहीं यह कथा के रूप में सामने आता है, कहीं व्यंग्य के रूप में और कहीं जीवन दर्शन के रूप में।

इस पुस्तक का उद्देश्य केवल मनोरंजन करना नहीं है, बल्कि पाठकों को सोचने के लिए प्रेरित करना भी है। यदि इस पुस्तक को पढ़ते समय पाठक एक क्षण के लिए भी यह सोचने लगें कि प्रकृति हमारे जीवन के लिए कितनी आवश्यक है और हमें उसके प्रति अपना व्यवहार कैसा रखना चाहिए, तो इस प्रयास को सार्थक माना जाएगा।

प्रकृति सदैव मौन रहती है, लेकिन उसका मौन भी बहुत कुछ कहता है। हवा की सरसराहट, पत्तों की हलचल और नदियों का प्रवाह—इन सबमें एक संदेश छिपा होता है। आवश्यकता केवल इतनी है कि मनुष्य उसे सुनने और समझने का प्रयास करे।

आशा है कि यह पुस्तक पाठकों को न केवल एक रोचक अनुभव प्रदान करेगी, बल्कि उन्हें प्रकृति और जीवन के संबंध को नए दृष्टिकोण से समझने की प्रेरणा भी देगी।

— लेखक रविराज सिंह नाग

पावती (स्वीकृति)

पावती / स्वीकृति

यह पुस्तक "अगर पेड़ बोलते" लेखक के विचारों, कल्पना और अनुभवों का परिणाम है। इस कृति में प्रस्तुत सभी विचार, कथाएँ और अभिव्यक्तियाँ लेखक की अपनी रचनात्मक सोच और स्वतंत्र लेखन का फल हैं।

इस पुस्तक का उद्देश्य पाठकों के सामने प्रकृति, मनुष्य और समाज के संबंध को एक नए दृष्टिकोण से प्रस्तुत करना है। इसमें प्रयुक्त कथाएँ, संवाद और प्रसंग कल्पनात्मक होते हुए भी जीवन की वास्तविकताओं से जुड़े हुए हैं। लेखक का प्रयास रहा है कि गद्य के माध्यम से पाठकों को एक ऐसा अनुभव दिया जाए जो उन्हें सोचने के लिए प्रेरित करे।

इस पुस्तक की रचना के दौरान अनेक विचार, अनुभूतियाँ और प्रेरणाएँ प्रकृति के विभिन्न रूपों से प्राप्त हुई हैं। जंगल, पेड़, हवा, नदी और धरती—ये सभी तत्व इस कृति की कल्पना के आधार बने हैं। लेखक उन सभी प्रेरणाओं के प्रति अपनी कृतज्ञता व्यक्त करता है जिन्होंने इस पुस्तक के निर्माण में अप्रत्यक्ष रूप से सहयोग दिया।

लेखक यह भी स्वीकार करता है कि किसी भी साहित्यिक कृति की सफलता केवल लेखक के प्रयास से नहीं होती, बल्कि पाठकों के प्रेम और प्रोत्साहन से ही वह पूर्ण होती है। इसलिए यह कृति उन सभी पाठकों को समर्पित है जो प्रकृति, जीवन और समाज को समझने की जिज्ञासा रखते हैं।

लेखक आशा करता है कि यह पुस्तक पाठकों के मन में प्रकृति के प्रति संवेदनशीलता और जीवन के प्रति एक सकारात्मक दृष्टिकोण उत्पन्न करने में सहायक होगी।

— लेखक रविराज सिंह नाग

आमुख

आमुख

यह संसार प्रकृति की अद्‌भुत रचना है। पहाड़, नदियाँ, जंगल, पेड़-पौधे और अनगिनत जीव—ये सब मिलकर इस पृथ्वी को जीवंत बनाते हैं। मनुष्य भी इसी प्रकृति का एक हिस्सा है, लेकिन समय के साथ उसने स्वयं को प्रकृति से अलग समझना शुरू कर दिया है।

कभी ऐसा समय था जब मनुष्य का जीवन प्रकृति के बहुत करीब था। वह पेड़ों की छाया में विश्राम करता था, नदियों के किनारे बसता था और ऋतुओं के साथ अपने जीवन की गति को समायोजित करता था। उस समय प्रकृति केवल जीवन का आधार ही नहीं, बल्कि एक मार्गदर्शक भी थी।

परंतु आधुनिक समय में मनुष्य की जीवनशैली तेजी से बदल गई है। विकास और प्रगति की दौड़ में उसने प्रकृति से दूरी बना ली है। शहरों के विस्तार और सुविधाओं की चाह में जंगलों को काटा गया, नदियों को प्रदूषित किया गया और वातावरण का संतुलन भी प्रभावित हुआ। परिणामस्वरूप मनुष्य का संबंध प्रकृति से धीरे-धीरे कमजोर होता चला गया।

"अगर पेड़ बोलते" इसी विचार से जन्मी एक कल्पना है। यह पुस्तक हमें उस दृष्टि से सोचने के लिए प्रेरित करती है कि यदि प्रकृति के ये मौन साक्षी—पेड़—अपनी बात कह पाते, तो वे मनुष्य से क्या कहते। शायद वे हमें हमारी गलतियों का एहसास कराते, शायद वे हमें जीवन का सही मार्ग दिखाते, या शायद वे केवल हमें यह याद दिलाते कि इस पृथ्वी पर हमारा अस्तित्व भी प्रकृति पर ही निर्भर है।

इस पुस्तक में गद्‌य शैली के माध्यम से ऐसी ही कल्पनाओं को प्रस्तुत करने का प्रयास किया गया है। इसमें कथा, व्यंग्य और जीवन दर्शन का मिश्रण है, जिससे पाठक न केवल एक रोचक अनुभव प्राप्त करें, बल्कि जीवन और प्रकृति के संबंध को नए दृष्टिकोण से समझ सकें।

प्रकृति सदैव शांत रहती है, लेकिन उसकी नीरवता में भी एक गहरा संदेश छिपा होता है। यदि हम उस संदेश को सुनने और समझने का प्रयास करें, तो शायद हम अपने जीवन और समाज को अधिक संतुलित और सार्थक बना सकते हैं।

इसी आशा के साथ यह पुस्तक पाठकों के समक्ष प्रस्तुत है।

— लेखक रविराज सिंह नाग

आभार

आभार

किसी भी पुस्तक का निर्माण केवल शब्दों का संयोजन नहीं होता, बल्कि वह अनेक विचारों, अनुभवों और प्रेरणाओं का परिणाम होता है। इस पुस्तक “अगर पेड़ बोलते – प्रकृति, मनुष्य और जीवन का सच” को लिखते समय भी अनेक ऐसे स्रोत रहे जिनसे मुझे प्रेरणा और शक्ति मिली।

सबसे पहले मैं प्रकृति माता के प्रति अपना गहरा आभार व्यक्त करना चाहता हूँ। पेड़, नदियाँ, पहाड़, आकाश और धरती—ये सभी हमारे जीवन के मौन गुरु हैं। इनकी शांति, धैर्य और उदारता ने मुझे इस पुस्तक को लिखने की प्रेरणा दी।

मैं अपने माता-पिता और परिवार का हृदय से आभारी हूँ, जिन्होंने हमेशा मुझे अच्छे विचारों की ओर प्रेरित किया और जीवन में सादगी, परिश्रम और ईमानदारी का महत्व सिखाया। उनके संस्कार ही मेरे जीवन और लेखन की सबसे बड़ी पूँजी हैं।

मैं अपने गुरुओं और शिक्षकों का भी धन्यवाद करता हूँ, जिनके मार्गदर्शन से मुझे शिक्षा के साथ-साथ जीवन के मूल्यों को समझने का अवसर मिला। उनके दिए हुए ज्ञान ने मेरे सोचने और समझने के दृष्टिकोण को गहरा बनाया।

मैं अपने सहकर्मियों और मित्रों का भी आभारी हूँ, जिनके साथ होने वाली चर्चाओं और अनुभवों ने मुझे समाज और जीवन को नए दृष्टिकोण से देखने की प्रेरणा दी।

इसके साथ ही मैं उन सभी पाठकों का धन्यवाद करता हूँ जो इस पुस्तक को पढ़ेंगे। किसी लेखक के लिए सबसे बड़ी प्रेरणा उसके पाठक ही होते हैं। यदि इस पुस्तक के माध्यम से पाठकों को प्रकृति के प्रति प्रेम और सम्मान की भावना महसूस हो, तो मेरा प्रयास सफल होगा।

अंत में, मैं ईश्वर का आभार व्यक्त करता हूँ जिन्होंने मुझे विचार करने, लिखने और अपने विचारों को शब्दों में व्यक्त करने की शक्ति दी।

लेखक परिचय

लेखक परिचय

रविराज सिंह नाग का जन्म भारत के एक साधारण परिवार में हुआ, जहाँ प्रकृति के प्रति सम्मान और सादगीपूर्ण जीवन की परंपरा बचपन से ही उनके संस्कारों का हिस्सा रही। उन्होंने बी.एस.सी. (गणित) की शिक्षा प्राप्त की। गणित जैसे तार्किक विषय का अध्ययन करने के बावजूद उनका मन हमेशा जीवन, प्रकृति और मानव समाज के गहरे प्रश्नों को समझने की ओर आकर्षित रहा।

वर्तमान में रविराज सिंह नाग भारतीय रेल के पश्चिम मध्य रेलवे (WCR), जबलपुर में अकाउंट्स विभाग में वरिष्ठ लेखाकार (Senior Accountant) के पद पर कार्यरत हैं। अपने व्यावसायिक जीवन में वे अनुशासन, जिम्मेदारी और ईमानदारी को अत्यंत महत्व देते हैं।

लेखन उनके लिए केवल एक शौक नहीं, बल्कि विचारों और अनुभवों को समाज के साथ साझा करने का माध्यम है। उन्हें विशेष रूप से प्रकृति, आध्यात्म, जीवन-दर्शन और सामाजिक विषयों पर चिंतन करना और लिखना पसंद है। उनका मानना है कि मनुष्य और प्रकृति के बीच एक गहरा और पवित्र संबंध है, जिसे आधुनिक जीवन की भागदौड़ में हम अक्सर भूल जाते हैं।

उनकी पुस्तक "अगर पेड़ बोलते" इसी विचार से प्रेरित है कि यदि प्रकृति अपनी भाषा में मनुष्य से संवाद कर सके, तो वह हमें जीवन के अनेक सत्य सिखा सकती है—सादगी, संतुलन, धैर्य और सहअस्तित्व का संदेश।

रविराज सिंह नाग का उद्देश्य अपने लेखन के माध्यम से पाठकों को केवल मनोरंजन देना नहीं, बल्कि उन्हें सोचने, महसूस करने और प्रकृति के प्रति जागरूक बनने के लिए प्रेरित करना है। उनका विश्वास है कि जब मनुष्य प्रकृति का सम्मान करना सीख जाएगा, तभी जीवन में वास्तविक शांति और संतुलन स्थापित हो सकेगा।

लेखन के साथ-साथ उन्हें पढ़ना, प्रकृति के बीच समय बिताना, नए विचारों पर चिंतन करना और समाज से जुड़े विषयों पर मनन करना विशेष रूप से पसंद है।

यह पुस्तक उनके साहित्यिक सफर की एक महत्वपूर्ण शुरुआत है, और वे आशा करते हैं कि पाठक इस कृति के माध्यम से प्रकृति और जीवन के बीच छिपे गहरे संबंध को महसूस कर पाएँगे।

1

बरगद की छाया में पहली सीख

शहर की भागदौड़ भरी जिंदगी से दूर एक विशाल जंगल था। वहाँ की हवा शहर से बिल्कुल अलग थी—शांत, ठंडी और जीवन से भरी हुई। उस जंगल में आने वाला हर व्यक्ति कुछ देर के लिए अपने मन का बोझ हल्का महसूस करता था।

प्रकृत भी अक्सर इसी कारण उस जंगल में चला आता था।

प्रकृत स्वभाव से विचारशील युवक था। वह शहर में रहता था, काम करता था, लोगों के बीच रहता था, लेकिन उसके मन में हमेशा जीवन को लेकर अनेक प्रश्न उठते रहते थे। उसे लगता था कि लोग जीवन को बहुत जटिल बना चुके हैं।

एक शाम वह अपने विचारों में डूबा हुआ जंगल की ओर निकल पड़ा।

धीरे-धीरे चलते हुए वह जंगल के भीतर पहुँचा और उसकी नजर एक विशाल बरगद के पेड़ पर जाकर ठहर गई। वह पेड़ बहुत पुराना था। उसकी मोटी जड़ें धरती से बाहर निकलकर चारों ओर फैल गई थीं और उसकी शाखाएँ इतनी विस्तृत थीं कि नीचे खड़े होने पर ऐसा लगता था जैसे कोई विशाल छत सिर पर तनी हो।

प्रकृत उस पेड़ की जड़ों के पास बैठ गया।

जंगल में उस समय गहरी शांति थी। हल्की हवा चल रही थी और पत्तियाँ धीरे-धीरे हिल रही थीं। कुछ पक्षी अपने घोंसलों की ओर लौट रहे थे और सूर्य धीरे-धीरे अस्त होने की ओर बढ़ रहा था।

प्रकृत काफी देर तक वहीं बैठा रहा।

उसके मन में एक प्रश्न बार-बार उठ रहा था—मनुष्य इतना बेचैन क्यों रहता है?

लोग दिन-रात मेहनत करते हैं, धन कमाते हैं, ऊँचे पद हासिल करते हैं, लेकिन फिर भी उनके चेहरे पर शांति कम ही दिखाई देती है।

उसी समय हवा थोड़ी तेज़ चलने लगी। बरगद की पत्तियाँ हल्के से सरसराने लगीं।

प्रकृत ने ऊपर देखा।

उसे ऐसा लगा मानो यह प्राचीन पेड़ केवल खड़ा ही नहीं है, बल्कि सब कुछ समझ भी रहा है। जैसे उसने वर्षों से मनुष्यों को आते-जाते देखा हो—उनकी इच्छाओं को, उनकी सफलताओं को और उनकी बेचैनियों को।

प्रकृत के मन में अचानक एक विचार आया—

यदि सच में पेड़ बोल सकते, तो शायद यह बरगद मनुष्य को क्या कहता?

शायद वह कहता कि मनुष्य ने बहुत कुछ पा लिया है, लेकिन उसने संतोष खो दिया है।

पेड़ तो वर्षों तक एक ही स्थान पर खड़े रहते हैं। वे किसी से प्रतिस्पर्धा नहीं करते, फिर भी बढ़ते हैं, फल देते हैं और दूसरों को छाया देते हैं।

इसके विपरीत मनुष्य लगातार भागता रहता है, लेकिन फिर भी उसे शांति नहीं मिलती।

प्रकृत को पहली बार यह एहसास हुआ कि शायद जीवन का सबसे बड़ा रहस्य यही है कि मनुष्य अपनी इच्छाओं को नियंत्रित करना सीख ले।

धीरे-धीरे सूर्य अस्त हो गया और जंगल में हल्का अंधेरा फैलने लगा।

प्रकृत उठकर वापस शहर की ओर चल पड़ा, लेकिन आज उसके मन में एक नई समझ जन्म ले चुकी थी।

उसे लगा कि प्रकृति हमेशा मनुष्य को कुछ सिखाना चाहती है, बस मनुष्य ही उसे सुनने के लिए रुकता नहीं।

अगर पेड़ बोलते

"मनुष्य, जितना तुम पाने की दौड़ में लगे हो,
उतना ही संतोष को अपने जीवन से दूर कर रहे हो।"

नैतिक संदेश

जीवन में सच्ची शांति तभी मिलती है जब मनुष्य अपनी इच्छाओं को सीमित करना और संतोष के साथ जीना सीख लेता है।

2

पीपल का संदेश - समय की अनसुनी आवाज़

अगले कुछ दिनों तक प्रकृत के मन में जंगल की वह शाम बार-बार लौटती रही। बरगद की छाया में बैठकर जो विचार उसके मन में उठे थे, उन्होंने उसके भीतर कुछ बदल दिया था। अब उसे शहर की भीड़ पहले जैसी नहीं लगती थी। हर चेहरे पर उसे एक अजीब सी जल्दी दिखाई देती—जैसे हर व्यक्ति कहीं पहुँचना चाहता हो, लेकिन उसे यह भी पता न हो कि आखिर जाना कहाँ है।

एक शाम काम से लौटते समय उसका मन फिर उसी जंगल की ओर खिंच गया। वह धीरे-धीरे उसी पगडंडी से चलता हुआ भीतर चला गया। सूर्य अस्त होने की ओर था और आकाश हल्के सुनहरे रंग में रंग गया था।

कुछ दूर चलने के बाद उसकी नजर एक पुराने पीपल के पेड़ पर पड़ी।

वह पेड़ बरगद जितना विशाल नहीं था, लेकिन उसमें एक अलग ही गरिमा थी। उसकी पत्तियाँ हवा के साथ बहुत मधुर ध्वनि करती थीं। ऐसा लगता था मानो वह पेड़ हवा के साथ कोई पुरानी कहानी कह रहा हो।

प्रकृत उस पीपल के नीचे जाकर बैठ गया।

जंगल की हवा में एक अद्भुत शांति थी। पेड़ की पत्तियाँ हिल रही थीं और उनकी आवाज़ किसी धीमी फुसफुसाहट जैसी लग रही थी। प्रकृत ने आँखें बंद कर लीं और उस शांति को महसूस करने लगा।

कुछ देर बाद उसके मन में एक विचार उठा—मनुष्य समय को लेकर इतना असावधान क्यों है?

लोग अक्सर कहते हैं कि उनके पास समय नहीं है। लेकिन वही लोग अपना कितना समय व्यर्थ की चिंताओं, विवादों और दिखावे में गंवा देते हैं।

प्रकृत ने ऊपर देखा। पीपल की पत्तियाँ लगातार हिल रही थीं।

उसे ऐसा लगा मानो यह पेड़ वर्षों से मनुष्य को देख रहा है। कितनी पीढ़ियाँ आईं और चली गईं, लेकिन यह पेड़ अब भी वहीं खड़ा है।

उसी क्षण उसके मन में एक गहरी समझ पैदा हुई।

समय कभी रुकता नहीं। वह नदी की धारा की तरह लगातार बहता रहता है। जो व्यक्ति समय की कीमत समझ लेता है, वही जीवन को सही दिशा दे पाता है।

लेकिन मनुष्य अक्सर यह समझ तब तक नहीं पाता जब तक बहुत देर नहीं हो जाती।

प्रकृत को लगा कि शायद यही कारण है कि जीवन में कई लोग पछतावे के साथ जीते हैं—क्योंकि उन्होंने समय रहते सही चीजों को महत्व नहीं दिया।

धीरे-धीरे शाम गहराने लगी। पक्षियों की आवाज़ें कम होने लगीं और जंगल में रात की शांति उतरने लगी।

प्रकृत उठकर वापस शहर की ओर चल पड़ा। लेकिन आज उसके मन में एक नया विचार स्पष्ट हो चुका था—समय ही जीवन की सबसे बड़ी पूँजी है।

जो इसे समझ लेता है, वह जीवन को व्यर्थ नहीं जाने देता।

अगर पेड़ बोलते

"मनुष्य, समय को हल्के में मत लो,
क्योंकि जो समय चला जाता है, वह फिर लौटकर नहीं आता।"

नैतिक संदेश

समय जीवन की सबसे मूल्यवान संपत्ति है। जो व्यक्ति समय का सही उपयोग करना सीख लेता है, वही जीवन में सच्ची सफलता और संतोष प्राप्त करता है।

3

नीम की कड़वी सच्चाई

प्रकृत अब जब भी समय मिलता, जंगल की ओर निकल पड़ता। कुछ ही दिनों में वह समझ गया था कि यह जंगल केवल पेड़ों का समूह नहीं है, बल्कि जीवन की अनकही सच्चाइयों का एक शांत विद्यालय है। यहाँ कोई शोर नहीं था, कोई उपदेश नहीं था, फिर भी हर पेड़ जैसे अपने अस्तित्व से कुछ सिखाता था।

उस दिन वह जंगल के एक ऐसे हिस्से में पहुँचा जहाँ एक पुराना नीम का पेड़ खड़ा था। नीम का पेड़ बरगद या पीपल की तरह विशाल नहीं था, लेकिन उसमें एक अजीब सी दृढ़ता दिखाई देती थी। उसका तना सीधा था और उसकी शाखाएँ दूर तक फैली हुई थीं।

प्रकृत उसके नीचे जाकर बैठ गया।

हवा धीरे-धीरे चल रही थी और नीम की पत्तियाँ हल्की सरसराहट कर रही थीं। प्रकृत ने आसपास देखा। जंगल में हर पेड़ अलग था—किसी के फल मीठे थे, किसी की छाया घनी थी, किसी की लकड़ी मजबूत थी। लेकिन नीम का स्वाद कड़वा था।

उसी समय प्रकृत के मन में एक विचार आया—कड़वा होने के बावजूद लोग नीम को इतना महत्व क्यों देते हैं?

वह कुछ देर तक उसी प्रश्न के बारे में सोचता रहा।

फिर उसे याद आया कि नीम भले ही स्वाद में कड़वा हो, लेकिन वह औषधि के रूप में बहुत उपयोगी होता है। उसकी पत्तियाँ, छाल और फल अनेक रोगों को दूर करने में काम आते हैं।

प्रकृत के मन में धीरे-धीरे एक गहरी समझ पैदा होने लगी।

जीवन में भी कुछ सच्चाइयाँ नीम की तरह कड़वी होती हैं। लोग अक्सर उन सच्चाइयों से बचना चाहते हैं क्योंकि उन्हें सुनना या स्वीकार करना आसान नहीं होता।

समाज में भी बहुत बार लोग मीठी बातें सुनना पसंद करते हैं, भले ही वे झूठी हों। लेकिन जो व्यक्ति सच्चाई कहता है, उसे लोग पसंद नहीं करते।

प्रकृत ने सोचा—शायद इसी कारण सच्चे और ईमानदार लोगों को अक्सर अकेलापन झेलना पड़ता है।

लेकिन जैसे नीम की कड़वाहट के पीछे एक औषधीय गुण छिपा होता है, वैसे ही सच्चाई की कड़वाहट के पीछे भी जीवन को बेहतर बनाने की शक्ति होती है।

धीरे-धीरे शाम गहराने लगी और हवा थोड़ी ठंडी हो गई। प्रकृत उठकर जंगल से बाहर निकलने लगा, लेकिन आज उसके मन में एक नई समझ जन्म ले चुकी थी।

उसे महसूस हुआ कि जीवन में सच्चाई से भागना आसान हो सकता है, लेकिन उससे दूर रहकर कोई भी व्यक्ति वास्तव में मजबूत नहीं बन सकता।

अगर पेड़ बोलते

"मनुष्य, हर मीठी बात सत्य नहीं होती,
और हर कड़वी बात गलत नहीं होती।"

नैतिक संदेश

सच्चाई कभी-कभी कड़वी अवश्य होती है, लेकिन वही व्यक्ति को मजबूत और समझदार बनाती है।

4

बाँस का धैर्य

दिन बीतते जा रहे थे और जंगल अब प्रकृत के जीवन का एक महत्वपूर्ण हिस्सा बनता जा रहा था। शहर की भागदौड़ और शोर के बीच जब भी उसका मन थक जाता, वह उसी जंगल की ओर निकल पड़ता। वहाँ की शांति उसके मन को एक अलग ही संतुलन दे देती थी।

एक दिन वह जंगल के एक नए रास्ते पर चल पड़ा। उस रास्ते पर पेड़ों का घनत्व थोड़ा कम था और बीच-बीच में खुली जगहें दिखाई दे रही थीं। चलते-चलते उसकी नजर एक लंबे और सीधे खड़े बाँस के झुरमुट पर पड़ी।

कई पतले-लंबे बाँस एक साथ खड़े थे। हवा चलती तो वे हल्के-हल्के झुकते, लेकिन टूटते नहीं थे। उनका यह लचीलापन प्रकृत को आकर्षित करने लगा।

वह पास जाकर बैठ गया और कुछ देर तक उन्हें ध्यान से देखने लगा।

हवा थोड़ी तेज़ हुई। बाँस की लंबी डंडियाँ एक साथ झुकने लगीं और फिर हवा के शांत होते ही सीधी खड़ी हो गईं।

प्रकृत को यह दृश्य बहुत रोचक लगा।

उसने सोचा—कितना अजीब है, इतने पतले होने के बावजूद बाँस टूटते नहीं। वे झुक जाते हैं, लेकिन फिर सीधा खड़े हो जाते हैं।

कुछ देर बाद उसके मन में एक और विचार आया।

जीवन में भी परिस्थितियाँ कभी-कभी आँधी की तरह आती हैं। जब कठिन समय आता है, तो कई लोग टूट जाते हैं। लेकिन जो व्यक्ति परिस्थितियों के सामने थोड़ा झुकना सीख लेता है, वही समय के साथ फिर खड़ा हो पाता है।

बाँस शायद यही सिखा रहा था।

प्रकृत ने महसूस किया कि धैर्य और लचीलापन जीवन की सबसे बड़ी ताकतों में से एक हैं। जो व्यक्ति हर परिस्थिति में कठोर बनकर खड़ा रहने की कोशिश करता है, वह कभी-कभी टूट जाता है। लेकिन जो समय के अनुसार अपने व्यवहार को बदलना जानता है, वही लंबे समय तक टिक पाता है।

प्रकृत काफी देर तक वहीं बैठा रहा। हवा चलती रही और बाँस बार-बार झुकते और फिर सीधे हो जाते रहे।

उसे लगा जैसे प्रकृति एक ही दृश्य को बार-बार दिखाकर उसे धैर्य का पाठ पढ़ा रही है।

धीरे-धीरे शाम गहराने लगी। सूरज की अंतिम किरणें बाँस के झुरमुट के बीच से होकर जमीन पर गिर रही थीं।

प्रकृत उठकर वापस शहर की ओर चल पड़ा, लेकिन आज वह पहले से अधिक शांत था।

उसे समझ में आ गया था कि जीवन में केवल शक्ति ही महत्वपूर्ण नहीं होती, बल्कि धैर्य और लचीलापन भी उतने ही आवश्यक होते हैं।

अगर पेड़ बोलते

"मनुष्य, आँधियों से लड़ने की कोशिश मत करो,
कभी-कभी झुक जाना ही तुम्हें टूटने से बचा लेता है।"

नैतिक संदेश

धैर्य और लचीलापन जीवन की सबसे बड़ी शक्तियाँ हैं। जो व्यक्ति कठिन परिस्थितियों में शांत और धैर्यवान रहता है, वही अंत में मजबूत बनकर उभरता है।

5

आम का उदार स्वभाव

जंगल अब प्रकृत के लिए केवल एक स्थान नहीं रहा था, बल्कि वह उसके जीवन का शिक्षक बन गया था। हर बार जब वह जंगल में आता, तो उसे लगता जैसे प्रकृति किसी नए रूप में उसे कोई नई सीख देने के लिए तैयार खड़ी है।

एक दिन वह जंगल के उस हिस्से में पहुँचा जहाँ कुछ दूरी पर एक बड़ा आम का पेड़ खड़ा था। उसकी शाखाएँ दूर-दूर तक फैली हुई थीं और उनमें कई हरे आम लटक रहे थे। पेड़ के नीचे ठंडी छाया थी और कुछ पक्षी उसकी शाखाओं पर बैठे हुए थे।

प्रकृत उस पेड़ के नीचे जाकर बैठ गया।

थोड़ी देर बाद उसने देखा कि एक पक्षी आया और आम को चोंच मारकर खाने लगा। कुछ ही क्षणों में एक गिलहरी भी वहाँ आ गई और वह भी पेड़ के फल का आनंद लेने लगी।

पेड़ बिल्कुल शांत खड़ा था। वह किसी को रोक नहीं रहा था, न ही उसे कोई शिकायत थी।

प्रकृत यह दृश्य ध्यान से देखता रहा।

उसे लगा कि यह पेड़ अपने फल खुद के लिए नहीं उगा रहा है। वह उन्हें बिना किसी अपेक्षा के दूसरों को दे रहा है—पक्षियों को, जानवरों को और मनुष्यों को भी।

यह सोचकर उसके मन में एक गहरा विचार आया।

मनुष्य अक्सर हर काम के पीछे कोई न कोई स्वार्थ ढूँढ़ता है। वह कुछ देता भी है, तो बदले में कुछ पाने की उम्मीद रखता है।

लेकिन प्रकृति ऐसा नहीं करती।

पेड़ अपने फल सबको देते हैं। वे यह नहीं देखते कि कौन अमीर है, कौन गरीब है, कौन उनका सम्मान करता है और कौन नहीं।

प्रकृत को महसूस हुआ कि देने की सच्ची भावना शायद यही होती है—जब कोई व्यक्ति बिना किसी अपेक्षा के दूसरों के लिए कुछ करता है।

आम के पेड़ की छाया में बैठकर उसे यह भी समझ आया कि जीवन का असली सुख केवल पाने में नहीं, बल्कि देने में भी छिपा होता है।

धीरे-धीरे शाम होने लगी। पक्षियों की चहचहाहट कम होने लगी और जंगल फिर से शांत होने लगा।

प्रकृत उठकर वापस जाने लगा, लेकिन आज उसके मन में एक नई समझ जन्म ले चुकी थी।

उसे लगा कि यदि मनुष्य भी पेड़ों की तरह उदार बन जाए, तो दुनिया कहीं अधिक सुंदर और शांत हो सकती है।

अगर पेड़ बोलते

"मनुष्य, जो केवल अपने लिए जीता है वह छोटा रह जाता है,
जो दूसरों के लिए देता है वही सच में बड़ा बनता है।"

नैतिक संदेश

सच्ची महानता दूसरों की मदद करने और बिना स्वार्थ के देने की भावना में छिपी होती है।

6

चंदन की सुगंध और चरित्र की शक्ति

जंगल की यात्राएँ अब प्रकृत के जीवन का एक नियमित हिस्सा बन चुकी थीं। हर बार जब वह वहाँ जाता, तो उसे लगता जैसे प्रकृति उसके सामने जीवन की कोई नई किताब खोल रही हो। हर पेड़, हर हवा का झोंका और हर पक्षी की आवाज़ जैसे किसी गहरे अर्थ की ओर संकेत करती थी।

एक दिन वह जंगल के एक शांत हिस्से में पहुँचा। वहाँ वातावरण कुछ अलग ही था। हवा में एक हल्की और मनमोहक सुगंध फैल रही थी। उस सुगंध ने प्रकृत का ध्यान अपनी ओर खींच लिया।

वह उस दिशा में बढ़ा और थोड़ी ही दूरी पर उसने एक चंदन का पेड़ देखा।

चंदन का पेड़ बहुत ऊँचा या विशाल नहीं था, लेकिन उसके आसपास एक अद्‌भुत सुगंध फैली हुई थी। प्रकृत उस पेड़ के पास जाकर खड़ा हो गया और कुछ देर तक उस सुगंध को महसूस करता रहा।

उसके मन में एक विचार आया।

चंदन का पेड़ जहाँ भी होता है, वहाँ अपनी खुशबू फैला देता है। यह खुशबू केवल उसके लिए नहीं होती, बल्कि उसके आसपास आने वाले हर व्यक्ति और जीव को आनंद देती है।

प्रकृत ने सोचा—शायद जीवन में अच्छे चरित्र का प्रभाव भी ऐसा ही होता है।

कुछ लोग ऐसे होते हैं जिनकी उपस्थिति ही वातावरण को अच्छा बना देती है। वे जहाँ जाते हैं, वहाँ शांति, सम्मान और सकारात्मकता फैल जाती है।

इसके विपरीत कुछ लोग ऐसे भी होते हैं जो अपने व्यवहार से हर जगह तनाव और कड़वाहट पैदा कर देते हैं।

प्रकृत को धीरे-धीरे यह समझ आने लगी कि मनुष्य की असली पहचान उसके धन, पद या शक्ति से नहीं होती, बल्कि उसके चरित्र से होती है।

चंदन का पेड़ यह नहीं देखता कि उसके आसपास कौन है। वह तो बस अपनी सुगंध फैलाता रहता है।

उसी तरह एक अच्छा व्यक्ति भी बिना किसी दिखावे के अपने व्यवहार से दूसरों के जीवन में अच्छाई फैला सकता है।

प्रकृत काफी देर तक उस पेड़ के पास खड़ा रहा। उसे लगा जैसे यह शांत पेड़ उसे यह सिखा रहा है कि सच्ची महानता शोर मचाने में नहीं, बल्कि अपने गुणों से संसार को बेहतर बनाने में होती है।

धीरे-धीरे शाम होने लगी और जंगल की हवा और ठंडी हो गई।

प्रकृत वापस शहर की ओर चल पड़ा, लेकिन आज उसके मन में एक नई समझ स्पष्ट हो चुकी थी—मनुष्य का सबसे बड़ा आभूषण उसका चरित्र होता है।

अगर पेड़ बोलते

"मनुष्य, अपनी पहचान अपने शब्दों से नहीं,
अपने चरित्र की सुगंध से बनाओ।"

नैतिक संदेश

सच्चा सम्मान और महानता अच्छे चरित्र और सदाचार से ही प्राप्त होती है।

7

बरगद की जड़ों का रहस्य

जंगल की शांत पगडंडियों पर चलते हुए प्रकृत को अब एक अलग ही आनंद मिलने लगा था। पहले वह यहाँ केवल अपने मन को शांत करने के लिए आता था, लेकिन अब हर यात्रा उसके लिए एक नई सीख लेकर आती थी। उसे लगता था जैसे जंगल के पेड़ किसी मौन भाषा में जीवन की गहरी सच्चाइयाँ समझा रहे हों।

एक दिन वह जंगल के उस हिस्से में पहुँचा जहाँ एक बहुत पुराना बरगद का पेड़ खड़ा था। यह वही बरगद नहीं था जिसे वह पहले देख चुका था। यह पेड़ उससे भी अधिक विशाल और फैला हुआ था।

उसकी सबसे विशेष बात उसकी जड़ें थीं।

बरगद की मोटी जड़ें ऊपर से नीचे की ओर लटकती हुई जमीन में समा गई थीं। ऐसा लगता था मानो एक ही पेड़ ने अपने चारों ओर कई नए स्तंभ खड़े कर दिए हों।

प्रकृत उस पेड़ के नीचे खड़ा होकर उसकी जड़ों को ध्यान से देखने लगा।

कुछ जड़ें अभी हवा में थीं, कुछ जमीन को छू चुकी थीं और कुछ पूरी तरह मिट्टी में मिलकर मजबूत हो चुकी थीं। यह दृश्य देखकर उसके मन में एक गहरा विचार आया।

बरगद जितना ऊपर फैला हुआ था, उतना ही वह अपनी जड़ों से जमीन से जुड़ा हुआ भी था।

प्रकृत ने सोचा—शायद इसी कारण यह पेड़ इतना विशाल और स्थिर है।

मनुष्य का जीवन भी कुछ ऐसा ही होता है।

जो व्यक्ति अपनी जड़ों को भूल जाता है—अपने माता-पिता, अपने संस्कार और अपनी परंपराओं को—वह जीवन में बहुत दूर तक नहीं जा पाता। लेकिन जो व्यक्ति अपनी जड़ों से जुड़ा रहता है, वह कठिन परिस्थितियों में भी मजबूत बना रहता है।

प्रकृत को यह भी समझ में आया कि बरगद की नई जड़ें जैसे-जैसे जमीन तक पहुँचती हैं, पेड़ और मजबूत होता जाता है।

उसी तरह मनुष्य भी जब अपने अनुभवों से सीखता है और अपने मूल्यों को मजबूत करता है, तो उसका व्यक्तित्व भी धीरे-धीरे स्थिर और शक्तिशाली बनता जाता है।

वह कुछ देर तक वहीं खड़ा उस विशाल पेड़ को देखता रहा।

उसे लगा जैसे बरगद अपने मौन अस्तित्व से यह बता रहा हो कि ऊँचा बनने के लिए पहले गहराई से जुड़ना जरूरी होता है।

धीरे-धीरे शाम का अंधेरा जंगल में उतरने लगा। पक्षियों की आवाज़ें कम होने लगीं और हवा थोड़ी ठंडी हो गई।

प्रकृत वापस लौटने लगा, लेकिन उसके मन में आज एक और महत्वपूर्ण समझ स्पष्ट हो चुकी थी—मनुष्य की असली ताकत उसकी जड़ों में छिपी होती है।

अगर पेड़ बोलते

"मनुष्य, जितना ऊँचा बनना चाहते हो,
उतना ही अपनी जड़ों से जुड़े रहना सीखो।"

नैतिक संदेश

जो व्यक्ति अपने संस्कारों, परिवार और मूल्यों से जुड़ा रहता है, वही जीवन में स्थिर और मजबूत बन पाता है।

8

गुलमोहर की विनम्रता

जंगल की हर यात्रा प्रकृत को भीतर से थोड़ा और बदल रही थी। पहले वह जीवन के उत्तर किताबों और लोगों की बातों में खोजता था, लेकिन अब उसे लगने लगा था कि प्रकृति स्वयं एक खुली पुस्तक है। जो व्यक्ति धैर्य और ध्यान से उसे देखता है, उसे जीवन की कई सच्चाइयाँ दिखाई देने लगती हैं।

एक दिन वह जंगल के एक ऐसे मार्ग पर पहुँचा जहाँ दूर से लाल रंग की चमक दिखाई दे रही थी। पास जाकर उसने देखा कि वहाँ एक सुंदर गुलमोहर का पेड़ खड़ा था। उसकी शाखाएँ लाल फूलों से भरी हुई थीं और ऐसा लग रहा था जैसे किसी ने पूरे पेड़ पर लाल रंग की चादर बिछा दी हो।

प्रकृत उस पेड़ के नीचे जाकर खड़ा हो गया।

गुलमोहर की सुंदरता सचमुच अद्‌भुत थी। उसके फूलों की चमक दूर से ही ध्यान खींच लेती थी। फिर भी उस पेड़ में किसी प्रकार का गर्व दिखाई नहीं देता था। वह शांत खड़ा था, जैसे अपनी सुंदरता का प्रदर्शन करने की उसे कोई आवश्यकता ही न हो।

प्रकृत ने कुछ देर तक उसे ध्यान से देखा।

उसके मन में एक विचार आया—मनुष्य जब थोड़ा सा भी सफल हो जाता है या उसे थोड़ी प्रशंसा मिल जाती है, तो कई बार उसके भीतर अहंकार आ जाता है।

लेकिन यह पेड़ इतना सुंदर होते हुए भी बिल्कुल शांत और विनम्र खड़ा है।

उसकी सुंदरता किसी को दबाने या दिखावा करने के लिए नहीं है। वह तो बस अपने स्वभाव के अनुसार खिल रहा है और आसपास के वातावरण को सुंदर बना रहा है।

प्रकृत को धीरे-धीरे यह समझ आने लगी कि असली सुंदरता और महानता में विनम्रता का होना बहुत जरूरी है।

यदि सुंदरता के साथ अहंकार जुड़ जाए, तो वह लोगों को आकर्षित करने के बजाय उनसे दूरी पैदा कर देती है।

लेकिन जब विनम्रता जुड़ती है, तो वही सुंदरता लोगों के मन को प्रसन्न कर देती है।

गुलमोहर के पेड़ के नीचे खड़े होकर प्रकृत ने महसूस किया कि प्रकृति कभी अपनी प्रशंसा के लिए शोर नहीं करती। वह बस अपने स्वभाव के अनुसार अपना काम करती रहती है।

धीरे-धीरे शाम होने लगी और हवा में हल्की ठंडक घुलने लगी।

प्रकृत वापस लौटने लगा, लेकिन उसके मन में आज एक नई सीख स्पष्ट हो चुकी थी—विनम्रता ही सच्ची महानता की पहचान है।

अगर पेड़ बोलते

"मनुष्य, फूलों की तरह खिलो,
लेकिन अपनी सुंदरता पर कभी अहंकार मत करो।"

नैतिक संदेश

विनम्रता वह गुण है जो व्यक्ति की सफलता और सुंदरता को और अधिक प्रभावशाली बना देता है।

9

देवदार का आत्मविश्वास

जंगल की यात्रा करते-करते अब प्रकृत के भीतर एक गहरी शांति बसने लगी थी। वह समझने लगा था कि जीवन के कई प्रश्नों के उत्तर प्रकृति के सरल रूपों में ही छिपे होते हैं। मनुष्य अक्सर जटिल रास्तों में उत्तर खोजता है, जबकि प्रकृति उन्हें बहुत सहज ढंग से समझा देती है।

एक दिन प्रकृत जंगल के उस हिस्से में पहुँचा जहाँ ऊँचे-ऊँचे देवदार के पेड़ खड़े थे। वे अन्य पेड़ों की तुलना में बहुत ऊँचे और सीधे दिखाई देते थे। उनकी शाखाएँ आकाश की ओर उठी हुई थीं और उनका स्वरूप अत्यंत भव्य लगता था।

प्रकृत कुछ देर तक उन पेड़ों को देखता रहा।

देवदार के पेड़ पहाड़ों और कठिन परिस्थितियों में भी मजबूती से खड़े रहते हैं। तेज़ हवाएँ चलें, मौसम बदल जाए या ठंड कितनी भी कठोर क्यों न हो—वे अपनी जगह पर अडिग रहते हैं।

यह दृश्य देखकर प्रकृत के मन में एक विचार आया।

जीवन में भी कई बार ऐसी परिस्थितियाँ आती हैं जब व्यक्ति को लगता है कि सब कुछ उसके खिलाफ हो रहा है। उस समय कई लोग डर जाते हैं या हार मान लेते हैं।

लेकिन जो व्यक्ति अपने आत्मविश्वास को बनाए रखता है, वही कठिन परिस्थितियों के बीच भी आगे बढ़ पाता है।

देवदार का पेड़ शायद यही सिखा रहा था।

वह ऊँचा जरूर था, लेकिन उसकी ऊँचाई अहंकार नहीं थी। वह बस अपनी शक्ति और संतुलन के साथ आकाश की ओर बढ़ता जा रहा था।

प्रकृत को लगा कि आत्मविश्वास का सही अर्थ यही है—अपने भीतर की शक्ति पर विश्वास रखना और परिस्थितियों के सामने झुकने के बजाय मजबूती से खड़े रहना।

वह कुछ देर तक वहीं खड़ा उन पेड़ों को देखता रहा।

उसे महसूस हुआ कि प्रकृति मनुष्य को यह सिखाती है कि डर और संदेह से भरा मन कभी ऊँचाई तक नहीं पहुँच सकता। आत्मविश्वास ही वह शक्ति है जो व्यक्ति को आगे बढ़ने का साहस देती है।

धीरे-धीरे शाम गहराने लगी और जंगल में ठंडी हवा चलने लगी।

प्रकृत वापस लौटने लगा, लेकिन आज उसके मन में एक नई दृढ़ता जन्म ले चुकी थी—जीवन में चाहे कितनी भी कठिनाइयाँ क्यों न आएँ, आत्मविश्वास कभी नहीं खोना चाहिए।

अगर पेड़ बोलते

"मनुष्य, परिस्थितियाँ चाहे कितनी भी कठिन क्यों न हों,
अपने आत्मविश्वास को कभी गिरने मत देना।"

नैतिक संदेश

आत्मविश्वास वह शक्ति है जो मनुष्य को हर कठिन परिस्थिति में भी आगे बढ़ने का साहस देती है।

10

नारियल का संतुलन

जंगल की यात्राओं ने अब प्रकृत के जीवन की दिशा ही बदल दी थी। पहले वह जीवन की समस्याओं को बहुत भारी समझता था, लेकिन अब उसे महसूस होने लगा था कि प्रकृति हर परिस्थिति में संतुलन बनाए रखना सिखाती है। बस मनुष्य ही उस संतुलन को समझ नहीं पाता।

एक दिन वह जंगल के उस हिस्से में पहुँचा जहाँ कुछ दूरी पर एक ऊँचा नारियल का पेड़ खड़ा था। उसका तना लंबा और सीधा था और उसकी शाखाएँ ऊपर जाकर चारों ओर फैल रही थीं। तेज़ हवा चलने पर भी वह पेड़ गिरता नहीं था, बल्कि हवा के साथ हल्का सा झुककर फिर सीधा हो जाता था।

प्रकृत उस पेड़ के पास जाकर खड़ा हो गया।

उसने देखा कि नारियल का फल बाहर से बहुत कठोर होता है, लेकिन उसके भीतर मीठा पानी और कोमल गूदा होता है। यह बात उसके मन को सोचने पर मजबूर करने लगी।

कुछ देर बाद उसके मन में एक गहरी समझ उभरने लगी।

जीवन में भी मनुष्य को कुछ हद तक नारियल जैसा होना चाहिए। बाहर से वह इतना मजबूत हो कि कठिन परिस्थितियाँ उसे आसानी से तोड़ न सकें। लेकिन उसके भीतर दया, करुणा और सरलता बनी रहनी चाहिए।

अक्सर लोग दो तरह के होते हैं। कुछ लोग बाहर से बहुत कठोर दिखाई देते हैं और भीतर भी कठोर ही होते हैं। ऐसे लोग दूसरों के जीवन में खुशी नहीं ला पाते। वहीं कुछ लोग इतने नरम होते हैं कि छोटी-छोटी कठिनाइयाँ भी उन्हें तोड़ देती हैं।

नारियल का पेड़ इन दोनों के बीच का संतुलन सिखाता है।

उसकी ऊँचाई और मजबूती उसे गिरने नहीं देती, और उसके भीतर की मधुरता उसे उपयोगी बनाती है।

प्रकृत को लगा कि शायद जीवन का असली संतुलन भी यही है—मजबूत भी रहना और संवेदनशील भी।

कुछ देर तक वह उस पेड़ को देखता रहा। हवा चलती रही और नारियल की पत्तियाँ धीरे-धीरे हिलती रहीं।

धीरे-धीरे शाम होने लगी और सूर्य की अंतिम किरणें जंगल के ऊपर से गायब होने लगीं।

प्रकृत वापस लौटने लगा, लेकिन आज उसके मन में एक और महत्वपूर्ण समझ स्पष्ट हो चुकी थी—जीवन में शक्ति और कोमलता दोनों का संतुलन जरूरी है।

अगर पेड़ बोलते

“मनुष्य, बाहर से मजबूत बनो,
लेकिन अपने भीतर की कोमलता को कभी मत खोओ।”

नैतिक संदेश

जीवन में सच्चा संतुलन तभी आता है जब मनुष्य मजबूत होने के साथ-साथ दयालु और संवेदनशील भी बना रहे।

11

पलाश का साहस

समय के साथ प्रकृत की सोच और दृष्टि दोनों बदलने लगी थीं। पहले वह जीवन को केवल समस्याओं और जिम्मेदारियों के रूप में देखता था, लेकिन अब उसे लगने लगा था कि हर परिस्थिति के पीछे कोई न कोई सीख छिपी होती है। जंगल की यात्राएँ उसे यह समझा रही थीं कि प्रकृति हर दिन मनुष्य को कुछ न कुछ सिखाने की कोशिश करती है।

एक दिन वह जंगल के उस हिस्से में पहुँचा जहाँ दूर से ही लाल रंग के फूलों की चमक दिखाई दे रही थी पास जाकर उसने देखा कि वहाँ एक पलाश का पेड़ खड़ा था। उसकी शाखाओं पर लाल-नारंगी रंग के फूल खिले हुए थे और वह दूर से ही आग की तरह चमक रहा था।

प्रकृत उस पेड़ के पास जाकर खड़ा हो गया।

उसने देखा कि आसपास के कई पेड़ साधारण हरे पत्तों से भरे हुए थे, लेकिन पलाश का पेड़ अपने चमकीले फूलों के कारण सबसे अलग दिखाई दे रहा था।

यह दृश्य देखकर प्रकृत के मन में एक विचार आया।

जीवन में भी कई बार ऐसा होता है कि जब लोग कठिन परिस्थितियों का सामना करते हैं, तो वे पीछे हट जाते हैं। वे डर जाते हैं या दूसरों की तरह साधारण बने रहना चाहते हैं।

लेकिन कुछ लोग ऐसे भी होते हैं जो कठिन परिस्थितियों में भी साहस के साथ आगे बढ़ते हैं और अपनी अलग पहचान बनाते हैं।

पलाश का पेड़ शायद यही सिखा रहा था।

वह जंगल में खड़ा होकर अपने चमकीले फूलों से जैसे यह बता रहा था कि कठिन परिस्थितियों में भी अपनी चमक को खोना नहीं चाहिए।

प्रकृत को महसूस हुआ कि साहस का अर्थ केवल डर से लड़ना नहीं है, बल्कि परिस्थितियों के बावजूद अपने स्वभाव और अपने उद्देश्य को बनाए रखना भी है।

जो व्यक्ति डर के कारण अपने सपनों को छोड़ देता है, वह कभी अपनी असली क्षमता को नहीं जान पात।

लेकिन जो व्यक्ति साहस के साथ आगे बढ़ता है, वही जीवन में कुछ अलग कर पाता है।

प्रकृत कुछ देर तक उस पेड़ को देखता रहा। हवा चलती रही और पलाश के फूल हल्के-हल्के हिलते रहे।

धीरे-धीरे सूर्य अस्त होने लगा और जंगल में हल्का अंधेरा उतरने लगा।

प्रकृत वापस लौटने लगा, लेकिन आज उसके मन में एक नई ऊर्जा और साहस जाग चुका था।

अगर पेड़ बोलते

"मनुष्य, परिस्थितियों से डरकर अपनी पहचान मत खोओ,
साहस के साथ खड़े रहो और अपनी रोशनी फैलाओ।"

नैतिक संदेश

साहस वह शक्ति है जो मनुष्य को कठिन परिस्थितियों में भी अपनी पहचान और उद्देश्य बनाए रखने की प्रेरणा देती है।

12

सूखे पेड़ की चेतावनी

जंगल की यात्राएँ अब प्रकृत के लिए केवल घूमने का साधन नहीं रह गई थीं। हर बार जब वह जंगल में जाता, तो उसे लगता कि वह किसी नए शिक्षक से मिलने जा रहा है। हर पेड़, हर हवा का झोंका और हर पत्ता जैसे उसे जीवन का कोई नया रहस्य समझाने की कोशिश करता था।

एक दिन वह जंगल के एक ऐसे हिस्से में पहुँचा जहाँ वातावरण थोड़ा अलग सा लग रहा था। वहाँ की जमीन सूखी थी और आसपास के कुछ पेड़ भी उतने हरे-भरे नहीं थे जितने जंगल के बाकी हिस्सों में दिखाई देते थे।

इसी स्थान पर प्रकृत की नजर एक सूखे पेड़ पर पड़ी।

वह पेड़ अब जीवित नहीं था। उसकी शाखाएँ सूख चुकी थीं और उस पर न तो पत्ते थे और न ही फूल। वह चुपचाप खड़ा था, जैसे समय की कहानी अपने भीतर समेटे हुए हो।

प्रकृत कुछ देर तक उस पेड़ को देखता रहा।

पहले तो उसे लगा कि यह पेड़ अब किसी काम का नहीं रहा। लेकिन फिर उसके मन में एक अलग विचार आया।

शायद यह पेड़ भी कभी हरा-भरा रहा होगा। कभी इसकी शाखाओं पर भी पत्ते लहराते होंगे, पक्षी बैठते होंगे और इसकी छाया में लोग आराम करते होंगे।

लेकिन समय के साथ परिस्थितियाँ बदल गईं और आज यह पेड़ सूख चुका है।

प्रकृत को अचानक लगा कि यह पेड़ भी एक तरह की कहानी कह रहा है।

मनुष्य अक्सर यह सोचता है कि उसके पास जो कुछ है, वह हमेशा रहेगा—उसकी शक्ति, उसका धन, उसकी सफलता और उसका समय।

लेकिन जीवन में कुछ भी स्थायी नहीं होता।

यदि मनुष्य प्रकृति का सम्मान नहीं करेगा, अपने संसाधनों का सही उपयोग नहीं करेगा और संतुलन को नहीं समझेगा, तो एक दिन वह भी उसी सूखे पेड़ की तरह खाली रह जाएगा।

प्रकृत ने चारों ओर देखा।

जंगल के कुछ हिस्से अभी भी हरे-भरे थे, लेकिन जहाँ पानी कम था, वहाँ पेड़ सूखने लगे थे।

यह दृश्य उसके मन में एक चेतावनी की तरह उभरा।

प्रकृति हमें बहुत कुछ देती है, लेकिन यदि हम उसका ध्यान नहीं रखेंगे, तो धीरे-धीरे वही प्रकृति कमजोर होने लगेगी।

और जब प्रकृति कमजोर होगी, तो मनुष्य का जीवन भी प्रभावित होगा।

प्रकृत ने उस सूखे पेड़ को अंतिम बार देखा।

उसे लगा कि भले ही वह पेड़ अब जीवित नहीं है, लेकिन उसकी उपस्थिति अब भी एक महत्वपूर्ण संदेश दे रही है।

धीरे-धीरे शाम ढलने लगी और जंगल में सन्नाटा फैलने लगा।

प्रकृत वापस लौटने लगा, लेकिन आज उसके मन में एक गंभीर विचार बैठ चुका था—प्रकृति की रक्षा करना केवल जिम्मेदारी नहीं, बल्कि मनुष्य के अस्तित्व के लिए आवश्यक है।

अगर पेड़ बोलते

"मनुष्य, जब तक मैं हरा हूँ तब तक मेरी कद्र करो,
सूख जाने के बाद पछताने से कुछ नहीं बदलेगा।"

नैतिक संदेश

प्रकृति की रक्षा करना मनुष्य का कर्तव्य है, क्योंकि प्रकृति के बिना जीवन का अस्तित्व संभव नहीं।

13

बरगद की स्थिरता

जंगल की यात्राओं ने प्रकृत के भीतर एक नई दृष्टि पैदा कर दी थी। अब वह हर पेड़ को केवल एक पौधा नहीं समझता था, बल्कि एक शिक्षक की तरह देखने लगा था। हर पेड़ के भीतर कोई न कोई अनुभव छिपा हुआ था, जिसे समझने के लिए केवल शांत मन और धैर्य की आवश्यकता थी।

एक दिन वह जंगल के उस पुराने हिस्से में पहुँचा जहाँ एक विशाल बरगद का पेड़ खड़ा था। उसका तना इतना चौड़ा था कि उसे पूरी तरह घेरने के लिए कई लोगों की आवश्यकता पड़ सकती थी। उसकी शाखाएँ दूर-दूर तक फैली हुई थीं और उसकी जटाएँ नीचे धरती की ओर झूल रही थीं।

प्रकृत उस पेड़ के पास जाकर खड़ा हो गया।

उसने देखा कि बरगद के पेड़ की जटाएँ धीरे-धीरे नीचे आकर जमीन में जड़ें बना लेती हैं। इस कारण वह पेड़ समय के साथ और भी अधिक मजबूत और स्थिर हो जाता है।

प्रकृत ने कुछ देर तक उस पेड़ को ध्यान से देखा।

उसके मन में एक गहरा विचार उभरा।

जीवन में भी कई लोग ऐसे होते हैं जो थोड़ी सी परेशानी आते ही घबरा जाते हैं। वे जल्दी ही अपना धैर्य खो देते हैं और परिस्थितियों से हार मान लेते हैं।

लेकिन कुछ लोग ऐसे भी होते हैं जो बरगद के पेड़ की तरह स्थिर रहते हैं। चाहे समय कितना भी कठिन क्यों न हो, वे अपने धैर्य और संतुलन को बनाए रखते हैं।

बरगद का पेड़ शायद यही सिखा रहा था।

वह वर्षों से उसी स्थान पर खड़ा था। उसने मौसम बदलते देखे होंगे, आँधियाँ और बारिशें भी देखी होंगी, लेकिन वह फिर भी अपनी जगह पर स्थिर खड़ा रहा।

प्रकृत को महसूस हुआ कि स्थिरता केवल शरीर की नहीं, बल्कि मन की भी होती है।

जिस व्यक्ति का मन स्थिर होता है, वह कठिन परिस्थितियों में भी सही निर्णय ले पाता है। लेकिन जिसका मन अस्थिर होता है, वह छोटी-छोटी समस्याओं में भी उलझ जाता है।

बरगद की छाया में खड़े होकर प्रकृत को एक गहरी शांति का अनुभव हुआ।

उसे लगा कि जीवन की दौड़ में मनुष्य को कभी-कभी रुककर अपने भीतर भी देखना चाहिए। तभी वह अपने विचारों को संतुलित कर पाता है और जीवन को सही दिशा दे पाता है।

धीरे-धीरे शाम होने लगी और सूर्य की किरणें बरगद की शाखाओं के बीच से छनकर जमीन पर गिरने लगीं।

प्रकृत वहाँ से वापस लौटने लगा, लेकिन आज उसके मन में एक नई समझ स्पष्ट हो चुकी थी—जीवन में सफलता पाने के लिए केवल प्रयास ही नहीं, बल्कि धैर्य और स्थिरता भी आवश्यक है।

अगर पेड़ बोलते

"मनुष्य, परिस्थितियाँ बदलती रहेंगी,
लेकिन अपने मन को स्थिर रखना सीखो।"

नैतिक संदेश

धैर्य और स्थिरता वह शक्ति है जो मनुष्य को कठिन परिस्थितियों में भी सही दिशा में आगे बढ़ने में सहायता करती है।

14

आम के पेड़ की उदारता

प्रकृत अब जंगल में केवल उत्तर खोजने नहीं आता था, बल्कि प्रकृति के साथ समय बिताने आता था। उसे अब यह समझ आने लगा था कि जीवन की सच्ची शिक्षा किताबों से ही नहीं, बल्कि अनुभवों से भी मिलती है। और प्रकृति से बड़ा शिक्षक शायद ही कोई हो।

एक दिन वह जंगल के उस हिस्से में पहुँचा जहाँ कुछ दूरी पर एक बड़ा आम का पेड़ खड़ा था। उसकी शाखाएँ फलों से भरी हुई थीं। कई पके हुए आम नीचे जमीन पर भी गिरे हुए थे और कुछ पक्षी उन फलों को चोंच मारकर खा रहे थे।

प्रकृत उस पेड़ के नीचे जाकर बैठ गया।

उसने देखा कि आम का पेड़ अपने फलों को अपने लिए नहीं रखता। जो भी उसके पास आता है—पक्षी, जानवर या मनुष्य—वह सभी को अपने फल दे देता है।

उसके मन में एक विचार उभरा।

मनुष्य के पास भी जीवन में बहुत कुछ होता है—ज्ञान, समय, धन और अनुभव। लेकिन अक्सर वह इन सबको केवल अपने लिए ही बचाकर रखना चाहता है।

वह भूल जाता है कि जब हम दूसरों के साथ कुछ बाँटते हैं, तभी जीवन का असली आनंद मिलता है।

आम का पेड़ शायद यही सिखा रहा था।

वह वर्षों तक धूप, बारिश और हवाओं को सहता है। फिर जब उसके फल तैयार होते हैं, तो वह उन्हें बिना किसी अपेक्षा के सबके लिए छोड़ देता है।

न उसे यह चिंता होती है कि कौन उसका फल खा रहा है, और न ही उसे किसी धन्यवाद की अपेक्षा होती है।

प्रकृत को यह देखकर एक गहरी बात समझ में आने लगी।

सच्ची उदारता वही है जिसमें व्यक्ति बिना किसी स्वार्थ के दूसरों को कुछ दे सके।

जो व्यक्ति केवल अपने लिए जीता है, उसका जीवन सीमित रह जाता है। लेकिन जो व्यक्ति दूसरों के लिए भी कुछ करता है, उसका जीवन अर्थपूर्ण बन जाता है।

कुछ देर तक प्रकृत उस पेड़ के नीचे बैठा रहा। हवा चलती रही और आम की पत्तियाँ धीरे-धीरे सरसराती रहीं।

धीरे-धीरे शाम होने लगी और सूर्य की किरणें पेड़ों के पीछे छिपने लगीं।

प्रकृत वापस लौटने लगा, लेकिन आज उसके मन में एक नई भावना जाग चुकी थी—जीवन में जितना संभव हो, उतना दूसरों के साथ बाँटना चाहिए।

अगर पेड़ बोलते

"मनुष्य, जो तुम्हारे पास है उसे बाँटना सीखो,
देने से ही जीवन का स्वाद मीठा बनता है।"

नैतिक संदेश

उदारता वह गुण है जो मनुष्य के जीवन को सार्थक और दूसरों के लिए उपयोगी बना देता है।

15

कटते जंगल की पुकार

जंगल की कई यात्राओं के बाद अब प्रकृत को हर पेड़ अपना परिचित सा लगने लगा था। जब भी वह जंगल में आता, तो उसे लगता जैसे वह किसी पुराने मित्र से मिलने आया हो। हवा की सरसराहट, पत्तों की हलचल और पक्षियों की आवाजें उसे एक अलग ही शांति देती थीं।

लेकिन एक दिन जब वह जंगल की ओर बढ़ रहा था, तो उसे दूर से कुछ अजीब सी आवाजें सुनाई दीं।

वह आवाजें कुल्हाड़ियों और मशीनों की थीं।

प्रकृत जल्दी-जल्दी उस दिशा में बढ़ा। जैसे ही वह वहाँ पहुँचा, उसका मन अचानक भारी हो गया। कुछ लोग बड़े-बड़े पेड़ों को काट रहे थे। कई पेड़ पहले ही जमीन पर गिर चुके थे और उनकी शाखाएँ चारों ओर बिखरी हुई थीं।

जंगल का वह हिस्सा, जो पहले हरा-भरा और जीवंत दिखाई देता था, अब सूना और उदास लग रहा था।

प्रकृत कुछ देर तक वहीं खड़ा सब कुछ देखता रहा।

उसे ऐसा लगा मानो जंगल की शांति टूट गई हो। पक्षियों की आवाजें भी कम हो गई थीं और हवा में एक अजीब सी उदासी फैल गई थी।

उसी समय उसकी नजर एक पुराने पेड़ पर पड़ी जो अभी तक खड़ा हुआ था।

उसकी शाखाएँ हवा के साथ धीरे-धीरे हिल रही थीं।

प्रकृत के मन में एक गहरा विचार आया।

मनुष्य अपने विकास और सुविधाओं के लिए जंगलों को काटता जा रहा है। वह यह सोचता है कि पेड़ केवल लकड़ी या जमीन के लिए होते हैं।

लेकिन वह यह भूल जाता है कि पेड़ केवल पेड़ नहीं होते।

वे हवा को शुद्ध करते हैं, बारिश को संतुलित रखते हैं, असंख्य जीवों का घर होते हैं और धरती को जीवन देते हैं।

यदि जंगल खत्म हो जाएंगे, तो केवल पेड़ ही नहीं गिरेंगे—मनुष्य के जीवन का संतुलन भी टूट जाएगा।

प्रकृत ने चारों ओर देखा। गिरे हुए पेड़ों की जड़ें अब भी मिट्टी से चिपकी हुई थीं, जैसे वे धरती को छोड़ना नहीं चाहती हों।

यह दृश्य उसके मन में एक गहरी पीड़ा पैदा कर रहा था।

उसे ऐसा लगा जैसे जंगल स्वयं मनुष्य से कुछ कहना चाहता हो।

जंगल की हवा में जैसे एक मौन पुकार छिपी हुई थी—एक ऐसी पुकार जिसे केवल वही सुन सकता था जो सच में प्रकृति को समझना चाहता हो।

धीरे-धीरे सूर्य ढलने लगा और कटे हुए पेड़ों की लंबी परछाइयाँ जमीन पर फैलने लगीं।

प्रकृत भारी मन से वहाँ से वापस लौटने लगा।

लेकिन आज जंगल की शांति उसे पहले जैसी नहीं लगी। आज उसे महसूस हुआ कि प्रकृति केवल सिखाती ही नहीं, बल्कि कभी-कभी चेतावनी भी देती है।

अगर पेड़ बोलते

"मनुष्य, हमें काटने से पहले यह सोचो,
हम गिरेंगे तो तुम्हारी सांसें भी कमजोर हो जाएंगी।"

नैतिक संदेश

प्रकृति का संरक्षण केवल पर्यावरण की रक्षा नहीं, बल्कि मानव जीवन की रक्षा भी है।

16

रात में खड़ा सागौन

उस दिन प्रकृत जंगल में थोड़ा देर से पहुँचा था। सूर्य धीरे-धीरे ढल चुका था और जंगल में हल्का अंधेरा फैलने लगा था। दिन के समय जो जंगल चहचहाहट से भरा रहता था, वह अब शांत और गंभीर दिखाई दे रहा था।

हवा भी अब धीमी हो चुकी थी और दूर कहीं झींगुरों की आवाजें सुनाई दे रही थीं।

प्रकृत धीरे-धीरे जंगल के भीतर बढ़ता गया। चलते-चलते उसकी नजर एक ऊँचे सागौन के पेड़ पर पड़ी जो अंधेरे के बीच भी मजबूती से खड़ा था।

चाँद की हल्की रोशनी उसकी शाखाओं पर पड़ रही थी।

प्रकृत कुछ देर तक उस पेड़ को देखता रहा।

दिन में पेड़ों को देखना आसान होता है, लेकिन रात में खड़े पेड़ एक अलग ही अनुभव देते हैं। अंधेरे में भी वे बिना डरे उसी तरह खड़े रहते हैं जैसे दिन में खड़े रहते हैं।

सागौन का वह पेड़ भी उसी स्थिरता के साथ खड़ा था।

प्रकृत के मन में एक विचार उभरा।

मनुष्य भी अपने जीवन में कई बार अंधेरे समय से गुजरता है। ऐसे समय में उसे लगता है कि सब कुछ खत्म हो गया है और आगे का रास्ता दिखाई नहीं दे रहा।

लेकिन प्रकृति शायद यह सिखाती है कि अंधेरा हमेशा स्थायी नहीं होता।

जिस तरह पेड़ रात के अंधेरे में भी खड़े रहते हैं, उसी तरह मनुष्य को भी कठिन समय में धैर्य बनाए रखना चाहिए।

सुबह फिर से आती है और रोशनी फिर से फैलती है।

सागौन का पेड़ मानो इसी सच्चाई का प्रतीक था।

वह अंधेरे से डरकर गिर नहीं जाता, बल्कि धैर्य के साथ खड़ा रहता है और सुबह का इंतजार करता है।

प्रकृत कुछ देर तक उसी पेड़ को देखता रहा।

उसके मन में एक गहरी शांति उतरने लगी।

धीरे-धीरे चाँद ऊपर उठने लगा और जंगल की छाया लंबी होने लगी।

प्रकृत वापस लौटने लगा, लेकिन आज उसके मन में एक नई आशा जाग चुकी थी—अंधेरा चाहे कितना भी गहरा क्यों न हो, धैर्य रखने वाला व्यक्ति अंततः प्रकाश तक पहुँच ही जाता है।

अगर पेड़ बोलते

"मनुष्य, अंधेरे समय से डरना मत,
रात जितनी गहरी होती है, सुबह उतनी ही उजली आती है।"

नैतिक संदेश

कठिन समय में धैर्य और विश्वास बनाए रखना ही व्यक्ति को अंततः सफलता और प्रकाश तक पहुँचाता है।

17

गिरा हुआ पेड़ और नई शुरुआत

एक सुबह प्रकृत हमेशा की तरह जंगल की ओर निकल पड़ा। अब जंगल उसके लिए केवल पेड़ों का समूह नहीं रह गया था, बल्कि वह जीवन की कहानियों का एक जीवंत संसार बन चुका था। हर बार जब वह वहाँ आता, तो उसे लगता जैसे प्रकृति उसे जीवन की किसी नई सच्चाई से परिचित कराने वाली है।

उस दिन जब वह जंगल के एक रास्ते से गुजर रहा था, तो उसकी नजर जमीन पर गिरे हुए एक बड़े पेड़ पर पड़ी।

वह पेड़ शायद कुछ समय पहले ही किसी तेज़ आँधी या तूफान के कारण गिर गया था। उसका तना जमीन पर पड़ा था और उसकी कई शाखाएँ टूट चुकी थीं।

पहली नजर में वह दृश्य थोड़ा दुखद लग रहा था।

प्रकृत कुछ देर तक उस गिरे हुए पेड़ को देखता रहा। उसे लगा कि कभी यह पेड़ भी मजबूत और ऊँचा खड़ा होगा। इसकी छाया में शायद कई लोग बैठे होंगे, पक्षियों ने इस पर घोंसले बनाए होंगे।

लेकिन अब वह जमीन पर गिरा हुआ था।

प्रकृत के मन में एक क्षण के लिए यह विचार आया कि शायद यह पेड़ अब समाप्त हो चुका है।

लेकिन तभी उसकी नजर उस पेड़ के पास उग रहे छोटे-छोटे पौधों पर पड़ी।

गिरे हुए तने के पास मिट्टी थोड़ी नम थी और वहीं से कुछ नई कोपलें जमीन से बाहर निकल रही थीं।

प्रकृत ध्यान से देखने लगा।

उसे समझ में आया कि यह गिरा हुआ पेड़ अब भी जीवन को जन्म दे रहा है। उसकी जड़ें और उसका तना मिट्टी को पोषण दे रहे थे, जिससे नए पौधे उगने लगे थे।

यह दृश्य उसके मन को गहराई से छू गया।

उसे महसूस हुआ कि प्रकृति में कोई भी अंत वास्तव में अंतिम नहीं होता। हर अंत के भीतर किसी नई शुरुआत का बीज छिपा होता है।

मनुष्य भी जब जीवन में असफलता या कठिनाई का सामना करता है, तो अक्सर वह सोचने लगता है कि सब कुछ खत्म हो गया है।

लेकिन प्रकृति यह सिखाती है कि गिरना भी जीवन का एक हिस्सा है।

जो व्यक्ति गिरने के बाद फिर से उठने का साहस करता है, वही जीवन में आगे बढ़ पाता है।

प्रकृत कुछ देर तक उस गिरे हुए पेड़ के पास बैठा रहा। हवा धीरे-धीरे चल रही थी और आसपास के पौधे हल्के-हल्के हिल रहे थे।

उसे ऐसा लगा जैसे प्रकृति यह कह रही हो कि जीवन कभी रुकता नहीं, वह हमेशा किसी न किसी रूप में आगे बढ़ता रहता है।

धीरे-धीरे सूर्य ऊपर चढ़ने लगा और जंगल में रोशनी फैल गई।

प्रकृत वापस लौटने लगा, लेकिन आज उसके मन में एक नई आशा और विश्वास जन्म ले चुका था—जीवन में गिरना अंत नहीं होता, बल्कि कई बार वही नई शुरुआत का रास्ता बन जाता है।

अगर पेड़ बोलते

"मनुष्य, गिरने से डरना मत,
क्योंकि कई बार गिरना ही नई शुरुआत का कारण बनता है।"

नैतिक संदेश

जीवन में असफलता अंत नहीं होती; वह अक्सर एक नई और बेहतर शुरुआत का अवसर बनती है।

18

जंगल की खामोश अदालत

एक दिन प्रकृत जंगल के उस हिस्से में पहुँचा जहाँ वह पहले बहुत कम गया था। वहाँ पेड़ बहुत पुराने थे और वातावरण में एक अजीब सी गंभीर शांति थी। ऐसा लगता था मानो उस स्थान ने वर्षों की कहानियाँ अपने भीतर छिपाकर रखी हों।

प्रकृत धीरे-धीरे उस रास्ते पर आगे बढ़ता गया।

कुछ ही दूर जाने पर उसने देखा कि कई विशाल पेड़ एक घेरे की तरह खड़े थे। बीच में खुली जमीन थी और चारों ओर फैले पेड़ ऐसे लग रहे थे जैसे वे किसी सभा में खड़े हों।

प्रकृत उस स्थान के बीच जाकर खड़ा हो गया।

उसे अचानक ऐसा महसूस हुआ जैसे वह किसी अदालत के बीच खड़ा हो। फर्क केवल इतना था कि यहाँ कोई शोर नहीं था, कोई वकील नहीं था, कोई बहस नहीं थी—सिर्फ खामोशी थी।

लेकिन उस खामोशी में भी एक गहरी गंभीरता थी।

प्रकृत के मन में एक विचार आया।

मनुष्य की दुनिया में अदालतें होती हैं जहाँ न्याय किया जाता है। लेकिन प्रकृति की भी अपनी एक अदालत होती है—जहाँ न्याय धीरे-धीरे और शांत तरीके से होता है।

मनुष्य यदि प्रकृति का सम्मान करता है, तो प्रकृति उसे जीवन, भोजन और शुद्ध हवा देती है।

लेकिन यदि मनुष्य प्रकृति का संतुलन बिगाड़ता है, जंगलों को नष्ट करता है और धरती को नुकसान पहुँचाता है, तो प्रकृति भी एक दिन उसका परिणाम दिखा देती है।

कभी सूखा, कभी बाढ़, कभी तूफान—ये सब उसी संतुलन के टूटने के संकेत होते हैं।

प्रकृत ने चारों ओर खड़े पेड़ों को देखा।

वे सभी चुपचाप खड़े थे, लेकिन ऐसा लगता था जैसे वे सब कुछ देख रहे हों—मनुष्य के अच्छे काम भी और उसके गलत काम भी।

उसे महसूस हुआ कि प्रकृति की अदालत में कोई शब्दों से सफाई नहीं दे सकता। वहाँ केवल कर्म ही गवाही देते हैं।

कुछ देर तक प्रकृत वहीं खड़ा रहा।

उसके मन में यह विचार गहराई से बैठ गया कि मनुष्य चाहे अपनी दुनिया में कितना भी बड़ा क्यों न बन जाए, लेकिन प्रकृति के सामने वह हमेशा उत्तरदायी रहेगा।

धीरे-धीरे हवा चलने लगी और पेड़ों की पत्तियाँ सरसराने लगीं। उस आवाज़ में जैसे कोई गंभीर चेतावनी छिपी हुई थी।

सूर्य धीरे-धीरे पश्चिम की ओर झुकने लगा और जंगल में हल्की सुनहरी रोशनी फैल गई।

प्रकृत वापस लौटने लगा, लेकिन आज उसके मन में एक गहरी जिम्मेदारी का एहसास जाग चुका था—मनुष्य को प्रकृति के साथ न्याय करना ही होगा।

अगर पेड़ बोलते

"मनुष्य, प्रकृति की अदालत में केवल कर्म बोलते हैं,
इसलिए धरती के साथ न्याय करना सीखो।"

नैतिक संदेश

प्रकृति के साथ संतुलन और सम्मान बनाए रखना ही मानव जीवन के भविष्य की सुरक्षा है।

19

बूढ़े पेड़ का अनुभव

जंगल के एक शांत मार्ग पर चलते हुए प्रकृत उस स्थान पर पहुँचा जहाँ एक बहुत पुराना पेड़ खड़ा था। उसका तना मोटा था, छाल जगह-जगह से खुरदरी हो चुकी थी और उसकी कुछ शाखाएँ सूख भी गई थीं। फिर भी वह पेड़ अब भी मजबूती से खड़ा था।

प्रकृत उस पेड़ के पास जाकर बैठ गया।

उसने सोचा—यह पेड़ शायद कई दशकों से यहाँ खड़ा होगा। इसने न जाने कितनी आँधियाँ देखी होंगी, कितनी बरसातें झेली होंगी और कितनी ऋतुएँ बदलते हुए देखी होंगी।

कुछ शाखाएँ भले ही अब कमजोर हो गई थीं, लेकिन उसकी जड़ें अभी भी मजबूत थीं।

प्रकृत ने ध्यान से देखा कि उस पेड़ की छाया अब भी जमीन पर फैल रही थी। कुछ पक्षी अभी भी उसकी शाखाओं पर बैठते थे। उसकी उम्र बढ़ चुकी थी, लेकिन उसका अस्तित्व अभी भी दूसरों के लिए उपयोगी था।

यह देखकर प्रकृत के मन में एक गहरी समझ उभरी।

मनुष्य की दुनिया में अक्सर लोग बुजुर्गों को केवल उनकी उम्र से आँकने लगते हैं। वे भूल जाते हैं कि अनुभव ही जीवन की सबसे बड़ी संपत्ति होता है।

जिस व्यक्ति ने जीवन में अधिक समय बिताया है, उसने उतनी ही अधिक परिस्थितियाँ देखी होती हैं। उसके अनुभव कई बार उन गलतियों से बचा सकते हैं जिन्हें युवा लोग दोहराने वाले होते हैं।

बूढ़ा पेड़ शायद यही सिखा रहा था।

समय के साथ शरीर कमजोर हो सकता है, लेकिन अनुभव और समझ व्यक्ति को और भी गहरा बना देते हैं।

प्रकृत कुछ देर तक उस पेड़ की छाया में बैठा रहा। हवा धीरे-धीरे चल रही थी और पेड़ की पत्तियाँ हल्की-हल्की आवाज कर रही थीं।

उसे ऐसा लगा जैसे वह पेड़ अपनी खामोश उपस्थिति से यह बता रहा हो कि जीवन में उम्र का सम्मान करना चाहिए, क्योंकि अनुभव वही शिक्षक है जो सबसे कठिन पाठ सिखाता

है।

धीरे-धीरे सूर्य ढलने लगा और जंगल में सुनहरी रोशनी फैल गई।

प्रकृत वापस लौटने लगा, लेकिन आज उसके मन में एक नई समझ जन्म ले चुकी थी—जीवन में अनुभव का मूल्य समझना बहुत आवश्यक है।

अगर पेड़ बोलते

"मनुष्य, उम्र को कमजोरी मत समझो,
अनुभव ही जीवन की सबसे गहरी बुद्धि देता है।"

नैतिक संदेश

बुजुर्गों के अनुभव और उनकी सीख जीवन को सही दिशा देने में अमूल्य होते हैं।

20

तूफान में झुकता पेड़

उस दिन जब प्रकृत जंगल की ओर जा रहा था, तब आसमान में बादल घिरने लगे थे। हवा पहले से थोड़ी तेज़ थी और वातावरण में एक अजीब सी बेचैनी महसूस हो रही थी। कुछ ही देर में तेज़ आँधी चलने लगी।

प्रकृत जल्दी-जल्दी जंगल के भीतर एक सुरक्षित स्थान की ओर बढ़ गया।

तेज़ हवा के कारण पेड़ों की शाखाएँ जोर-जोर से हिल रही थीं। कुछ छोटे पौधे लगभग जमीन तक झुक गए थे। प्रकृत एक बड़े पेड़ के पास खड़ा होकर यह सब देख रहा था।

तभी उसकी नजर एक लंबे पेड़ पर पड़ी।

जब भी तेज़ हवा का झोंका आता, वह पेड़ थोड़ा झुक जाता था। लेकिन हवा शांत होते ही वह फिर से सीधा खड़ा हो जाता था।

प्रकृत ध्यान से उस पेड़ को देखने लगा।

कुछ ही दूरी पर एक और पेड़ था जो बिल्कुल सीधा खड़ा था और झुकने की कोशिश भी नहीं कर रहा था। हवा का दबाव बढ़ता गया और अचानक उसकी एक बड़ी शाखा टूटकर नीचे गिर गई।

यह देखकर प्रकृत के मन में एक गहरा विचार उभरा।

जीवन में भी कई लोग ऐसे होते हैं जो अपनी बात पर इतने कठोर हो जाते हैं कि वे किसी भी परिस्थिति में झुकना नहीं चाहते। उन्हें लगता है कि झुकना कमजोरी है।

लेकिन कई बार यही कठोरता उन्हें तोड़ देती है।

समाज में भी यही स्थिति दिखाई देती है। जब लोग अपने विचारों को लेकर इतने अड़े रहते हैं कि दूसरों की बात सुनना ही नहीं चाहते, तब विवाद और संघर्ष बढ़ जाते हैं।

लेकिन जो व्यक्ति परिस्थितियों को समझकर थोड़ा झुकना जानता है, वही लंबे समय तक संतुलन बनाए रख पाता है।

प्रकृति शायद यही सिखाती है कि झुकना हमेशा हार नहीं होता। कई बार झुकना ही हमें टूटने से बचा लेता है।

आँधी धीरे-धीरे शांत होने लगी।

कुछ समय बाद हवा सामान्य हो गई और जंगल फिर से शांत दिखाई देने लगा।

प्रकृत ने चारों ओर देखा। जो पेड़ हवा के साथ झुक गए थे, वे अब फिर से सीधे खड़े थे। लेकिन जो पेड़ बिल्कुल नहीं झुका था, उसकी टूटी हुई शाखा जमीन पर पड़ी थी।

प्रकृत ने उस दृश्य को ध्यान से देखा।

उसे लगा कि जीवन और समाज दोनों में संतुलन बनाए रखने के लिए लचीलापन बहुत जरूरी है।

जो व्यक्ति दूसरों की बात समझने और समय के अनुसार खुद को ढालने की क्षमता रखता है, वही लंबे समय तक मजबूत बना रहता है।

धीरे-धीरे बादल छंटने लगे और सूर्य की किरणें फिर से जंगल में फैलने लगीं।

प्रकृत वापस लौटने लगा, लेकिन आज उसके मन में एक नई समझ जन्म ले चुकी थी—जीवन में कठोरता नहीं, बल्कि संतुलन ही सच्ची ताकत है।

अगर पेड़ बोलते

"मनुष्य, हर बात पर अड़ जाना शक्ति नहीं है,
समय पर झुकना ही तुम्हें टूटने से बचाता है।"

नैतिक संदेश

जीवन और समाज दोनों में संतुलन और लचीलापन ही व्यक्ति को संघर्षों से बचाकर आगे बढ़ने में मदद करता है।

21

साल का शांत पहरेदार

एक दिन प्रकृत जंगल के उस भाग में पहुँचा जहाँ बहुत कम लोग जाते थे। वहाँ वातावरण पहले से भी अधिक शांत था। ऊँचे-ऊँचे पेड़ों के बीच खड़े होकर उसे ऐसा लगता था मानो वह किसी प्राचीन दुनिया में आ गया हो।

चलते-चलते उसकी नजर एक विशाल साल के पेड़ पर पड़ी।

वह पेड़ बहुत ऊँचा और मजबूत था। उसकी मोटी तना और फैली हुई शाखाएँ देखकर ऐसा लगता था जैसे वह वर्षों से उसी स्थान पर खड़ा होकर जंगल की रक्षा कर रहा हो।

प्रकृत कुछ देर तक उसे देखता रहा।

साल का पेड़ बिल्कुल शांत खड़ा था। न वह किसी से कुछ माँगता था, न ही अपने अस्तित्व का शोर करता था। फिर भी वह पूरे जंगल के लिए बहुत महत्वपूर्ण था।

उसकी छाया में छोटे-छोटे पौधे उग रहे थे। कई पक्षियों ने उसकी शाखाओं पर अपने घोंसले बना रखे थे। कुछ जानवर उसके पास आकर विश्राम करते थे।

प्रकृत को यह देखकर एक गहरी बात समझ में आने लगी।

समाज में भी कुछ लोग साल के पेड़ की तरह होते हैं।

वे कभी अपने काम का दिखावा नहीं करते, न ही अपनी महानता का प्रचार करते हैं। वे चुपचाप अपना कर्तव्य निभाते रहते हैं। लेकिन उनका योगदान समाज के लिए बहुत महत्वपूर्ण होता है।

इसके विपरीत कुछ लोग ऐसे भी होते हैं जो हर छोटी उपलब्धि का शोर मचाते हैं, लेकिन वास्तव में उनका योगदान बहुत कम होता है।

प्रकृति शायद हमें यह सिखाती है कि महानता का अर्थ शोर करना नहीं है।

सच्ची महानता वही है जो शांत रहकर भी दूसरों के जीवन को सहारा देती है।

प्रकृत कुछ देर तक साल के पेड़ की छाया में खड़ा रहा।

हवा जब उसकी शाखाओं से गुजरती, तो एक हल्की सी सरसराहट सुनाई देती थी। ऐसा लगता था जैसे वह पेड़ अपनी शांत भाषा में कुछ कह रहा हो।

धीरे-धीरे सूर्य पश्चिम की ओर झुकने लगा और जंगल में हल्की सुनहरी रोशनी फैल गई।

प्रकृत वापस लौटने लगा।

आज उसके मन में एक नई समझ थी—महान बनने के लिए शोर मचाने की जरूरत नहीं होती। सच्चा सम्मान तो वही पाता है जो चुपचाप अपने कर्तव्य को निभाता रहता है।

अगर पेड़ बोलते

"मनुष्य, महानता का शोर नहीं होता,
सच्ची शक्ति शांत रहकर भी दुनिया को सहारा देती है।"

नैतिक संदेश

जो व्यक्ति बिना दिखावे के अपने कर्तव्य को निभाता है, वही समाज में सच्चा सम्मान और महत्व प्राप्त करता है।

22

सूनी पहाड़ी का अकेला पेड़

एक दिन प्रकृत जंगल के उस हिस्से से आगे निकल गया जहाँ पेड़ों की घनी छाया समाप्त होने लगती थी। वहाँ से थोड़ी दूरी पर एक ऊँची पहाड़ी दिखाई देती थी। पहाड़ी पर हरियाली बहुत कम थी और अधिकांश जगहें सूनी पड़ी थीं।

प्रकृत उत्सुकता से उस पहाड़ी की ओर बढ़ने लगा।

जब वह ऊपर पहुँचा, तो उसने देखा कि पूरी पहाड़ी लगभग खाली थी। न वहाँ घना जंगल था और न ही बहुत सारे पौधे। लेकिन उस सूनी पहाड़ी के बीचों-बीच एक अकेला पेड़ खड़ा था।

वह पेड़ बहुत बड़ा नहीं था, लेकिन वह पूरी दृढ़ता के साथ खड़ा था।

तेज़ हवाएँ लगातार उस पहाड़ी से टकराती थीं। धूप भी वहाँ बहुत तीखी पड़ती थी। फिर भी वह पेड़ वर्षों से उसी स्थान पर खड़ा था।

प्रकृत उस पेड़ के पास जाकर खड़ा हो गया।

उसे आश्चर्य हुआ कि इतनी कठिन परिस्थितियों में भी यह पेड़ जीवित कैसे है। आसपास कोई दूसरा पेड़ नहीं था जो उसे सहारा दे सके।

कुछ देर तक वह उस दृश्य को देखता रहा।

फिर उसके मन में एक गहरी बात उभरने लगी।

जीवन में भी कई बार मनुष्य को ऐसे समय का सामना करना पड़ता है जब वह बिल्कुल अकेला महसूस करता है। न कोई मित्र साथ होता है और न ही कोई सहारा।

ऐसे समय में बहुत से लोग टूट जाते हैं।

लेकिन कुछ लोग उस अकेले पेड़ की तरह होते हैं। वे परिस्थितियों की कठिनाई के बावजूद अपने साहस को नहीं छोड़ते। वे धैर्य और विश्वास के साथ खड़े रहते हैं।

धीरे-धीरे समय बदलता है और वही लोग दूसरों के लिए प्रेरणा बन जाते हैं।

प्रकृत ने उस पेड़ की ओर देखा।

वह पेड़ उस सूनी पहाड़ी पर मानो एक प्रहरी की तरह खड़ा था—यह बताते हुए कि मजबूती का अर्थ केवल भीड़ में खड़ा होना नहीं है।

कभी-कभी सच्ची ताकत अकेले खड़े रहने में भी होती है।

सूरज धीरे-धीरे ढलने लगा था और पहाड़ी पर लंबी छायाएँ बनने लगी थीं।

प्रकृत नीचे उतरने लगा।

आज उसे यह समझ मिल चुकी थी कि जीवन में अकेलापन कमजोरी नहीं होता। कई बार वही अकेलापन मनुष्य को सबसे मजबूत बना देता है।

अगर पेड़ बोलते

"मनुष्य, जब तुम्हें लगे कि तुम अकेले हो,
तब याद रखना—अकेले खड़े रहना भी एक शक्ति है।"

नैतिक संदेश

कठिन परिस्थितियों में भी जो व्यक्ति धैर्य और साहस के साथ खड़ा रहता है, वही अंततः मजबूत और प्रेरणादायक बनता है।

23

नदी किनारे का अर्जुन वृक्ष

एक दिन प्रकृत जंगल की गहराइयों से निकलकर उस रास्ते पर चला गया जहाँ से एक छोटी नदी बहती थी। वह नदी बहुत बड़ी नहीं थी, लेकिन उसका पानी साफ और शांत था। नदी के किनारे रेत फैली हुई थी और आसपास कई पेड़ खड़े थे।

प्रकृत धीरे-धीरे नदी के किनारे चलने लगा।

चलते-चलते उसकी नजर एक विशाल अर्जुन वृक्ष पर पड़ी जो नदी के बिल्कुल किनारे खड़ा था। उसका तना मजबूत था और उसकी जड़ें मिट्टी को मजबूती से पकड़े हुए थीं।

नदी का पानी लगातार बह रहा था। कई बार पानी का तेज़ बहाव किनारे की मिट्टी को काटने की कोशिश करता, लेकिन अर्जुन वृक्ष की जड़ों ने उस मिट्टी को मजबूती से थाम रखा था।

प्रकृत कुछ देर तक उस दृश्य को ध्यान से देखता रहा।

उसे लगा कि यह पेड़ केवल अपने लिए नहीं खड़ा है, बल्कि वह उस पूरे किनारे को संभाले हुए है। अगर यह पेड़ न होता, तो शायद नदी का बहाव धीरे-धीरे उस जमीन को काट देता।

प्रकृत के मन में एक गहरी बात उभरने लगी।

समाज में भी कुछ लोग अर्जुन वृक्ष की तरह होते हैं। वे अपने परिवार, अपने समुदाय और अपने आसपास के लोगों को मजबूती से संभालते हैं। वे कठिन परिस्थितियों में भी अपने कर्तव्य से पीछे नहीं हटते।

कई बार लोग ऐसे व्यक्तियों के योगदान को समझ नहीं पाते, क्योंकि वे चुपचाप अपना काम करते रहते हैं।

लेकिन जब वे लोग किसी कारण से वहाँ नहीं होते, तब समाज को उनकी कमी का एहसास होता है।

नदी का पानी धीरे-धीरे बहता रहा और उसकी लहरें अर्जुन वृक्ष की जड़ों को छूकर आगे बढ़ जातीं।

प्रकृत को ऐसा लगा जैसे वह पेड़ उसे एक महत्वपूर्ण संदेश दे रहा हो—मजबूत वही है जो दूसरों को सहारा देने की क्षमता रखता है।

सूर्य की किरणें पानी पर चमकने लगीं और नदी का दृश्य और भी सुंदर लगने लगा।

प्रकृत कुछ देर तक वहीं बैठा रहा और उस शांति को महसूस करता रहा।

जब वह वापस लौटने लगा, तब उसके मन में एक स्पष्ट विचार था—जीवन का असली अर्थ केवल अपने लिए जीना नहीं है, बल्कि दूसरों के लिए सहारा बनना भी है।

अगर पेड़ बोलते

"मनुष्य, केवल ऊँचा खड़ा होना ही शक्ति नहीं है,
सच्ची शक्ति तो दूसरों को गिरने से बचाने में है।"

नैतिक संदेश

जो व्यक्ति अपने परिवार और समाज के लिए सहारा बनता है, वही जीवन के सच्चे अर्थ को समझ पाता है।

24

रास्ते का पुराना इमली का पेड़

एक दिन प्रकृत जंगल से लौटते समय एक पुराने कच्चे रास्ते पर चल रहा था। यह रास्ता गाँव की ओर जाता था और इस रास्ते से कई लोग रोज़ गुजरते थे। किसान अपने बैलों के साथ, बच्चे स्कूल जाते हुए, और कभी-कभी यात्री भी इसी रास्ते से आते-जाते दिखाई देते थे।

रास्ते के किनारे एक बहुत पुराना इमली का पेड़ खड़ा था।

उसकी शाखाएँ चारों ओर फैली हुई थीं और उसकी घनी छाया दूर तक फैल जाती थी। कई लोग उस पेड़ के नीचे कुछ देर रुककर आराम कर लेते थे। कुछ यात्री अपने थके कदमों को विराम देने के लिए उसकी छाया में बैठ जाते थे।

प्रकृत भी उस पेड़ के नीचे बैठ गया।

थोड़ी ही देर में कुछ बच्चे वहाँ आए। वे पेड़ से गिरी हुई इमली उठाकर हँसते हुए खाने लगे। फिर एक बूढ़ा किसान आया और अपनी पोटली नीचे रखकर कुछ देर विश्राम करने लगा।

प्रकृत यह सब देखता रहा।

उसके मन में एक गहरी बात उभरने लगी।

यह इमली का पेड़ किसी से कुछ माँगता नहीं था। न वह यह देखता था कि उसकी छाया में बैठने वाला व्यक्ति कौन है—अमीर है या गरीब, छोटा है या बड़ा।

जो भी उसके पास आता, वह उसे समान रूप से छाया और आराम देता।

प्रकृत को लगा कि समाज में भी अगर लोग इस पेड़ की तरह व्यवहार करने लगें, तो कई समस्याएँ अपने आप समाप्त हो जाएँ।

मनुष्य अक्सर भेदभाव में उलझ जाता है—धर्म, जाति, धन और पद के आधार पर लोगों को अलग-अलग देखने लगता है।

लेकिन प्रकृति ऐसा कोई भेद नहीं करती।

इमली का पेड़ हर आने वाले को समान रूप से फल और छाया देता है।

शाम धीरे-धीरे होने लगी और रास्ते से गुजरने वाले लोग कम होने लगे।

प्रकृत उठकर वापस चलने लगा, लेकिन आज उसने एक महत्वपूर्ण बात समझ ली थी—सच्चा बड़ा वही होता है जो सबके साथ समान व्यवहार करता है।

अगर पेड़ बोलते

"मनुष्य, जो छाया केवल अपनों को दे, वह महान नहीं,
सच्ची महानता तो सबको समान सहारा देने में है।"

नैतिक संदेश

समानता और उदारता ही वह गुण हैं जो समाज को सुंदर और संतुलित बनाते हैं।

25

कटते जंगल की मौन पुकार

एक दिन जब प्रकृत जंगल की ओर जा रहा था, तब रास्ते में उसे कुछ अजीब सा शोर सुनाई दिया। यह जंगल की सामान्य सरसराहट नहीं थी। इसमें मशीनों की आवाज़ भी शामिल थी।

वह थोड़ा आगे बढ़ा तो उसने देखा कि जंगल के एक हिस्से में कुछ लोग पेड़ों को काट रहे थे।

कुल्हाड़ियों की आवाज़ और गिरते हुए पेड़ों की धड़ाम से पूरी जगह गूँज रही थी।

प्रकृत कुछ देर तक वहीं खड़ा रह गया।

जहाँ पहले घने पेड़ खड़े होंगे, वहाँ अब खाली जगह दिखाई दे रही थी। कुछ पेड़ अभी भी खड़े थे, लेकिन उनके आसपास की जमीन पर गिरी हुई शाखाएँ और कटे हुए तने बिखरे पड़े थे।

प्रकृत के मन में एक अजीब सी पीड़ा उठी।

उसे याद आया कि यही जंगल कितनी शांति और जीवन से भरा हुआ था। यहाँ पक्षियों का संगीत सुनाई देता था, जानवरों की हलचल होती थी और हर पेड़ अपनी जगह पर एक जीवन का सहारा था।

लेकिन आज वहाँ एक अजीब सी खामोशी थी।

कुछ पक्षी ऊपर उड़ते हुए इधर-उधर भटक रहे थे, जैसे उन्हें समझ नहीं आ रहा था कि उनका घर अचानक कहाँ चला गया।

प्रकृत को ऐसा लगा जैसे पूरा जंगल मौन होकर भी कुछ कह रहा है।

पेड़ बोल नहीं सकते, लेकिन उनका गिरना भी एक संदेश देता है।

जब जंगल कटता है, तो केवल लकड़ी नहीं गिरती—उसके साथ कई जीवों का घर, कई जीवनों का सहारा और प्रकृति का संतुलन भी टूट जाता है।

प्रकृत धीरे-धीरे उस स्थान से आगे बढ़ गया, लेकिन उसका मन भारी था।

उसे लगा कि मनुष्य अपनी जरूरतों को पूरा करने के लिए प्रकृति का उपयोग तो करता है, लेकिन कई बार वह यह भूल जाता है कि प्रकृति का संतुलन भी उतना ही आवश्यक है।

अगर पेड़ न हों, तो हवा भी शुद्ध नहीं रहेगी, बारिश का संतुलन भी बिगड़ जाएगा और धरती धीरे-धीरे बंजर होने लगेगी।

सूरज ढलने लगा था और जंगल के उस कटे हुए हिस्से पर एक उदास सी रोशनी फैल गई थी।

प्रकृत वापस लौट रहा था, लेकिन उसके मन में एक प्रश्न गूँज रहा था—क्या मनुष्य कभी प्रकृति की इस मौन पुकार को समझ पाएगा?

अगर पेड़ बोलते

"मनुष्य, हमें काटने से पहले यह याद रखना,
हम गिरेंगे तो धरती का संतुलन भी डगमगा जाएगा।"

नैतिक संदेश

प्रकृति का संरक्षण केवल पेड़ों को बचाने के लिए नहीं, बल्कि पूरे जीवन और भविष्य को सुरक्षित रखने के लिए आवश्यक है।

26

छोटे पौधे का बड़ा सपना

एक दिन प्रकृत जंगल के एक शांत हिस्से से गुजर रहा था। वहाँ चारों ओर बड़े-बड़े पेड़ खड़े थे—कहीं साल, कहीं सागौन और कहीं बरगद। उनकी विशाल शाखाएँ आकाश तक फैली हुई थीं।

इन्हीं बड़े पेड़ों के बीच प्रकृत की नजर जमीन के पास उग रहे एक छोटे से पौधे पर पड़ी।

वह पौधा बहुत छोटा था। उसकी पतली सी डंडी और कुछ हरी पत्तियाँ मुश्किल से दिखाई दे रही थीं। उसके चारों ओर बड़े पेड़ों की छाया थी।

पहली नजर में ऐसा लगता था जैसे वह पौधा कभी बड़ा नहीं हो पाएगा।

प्रकृत कुछ देर तक उस छोटे पौधे को देखने लगा।

हवा जब चलती, तो वह पौधा हल्का-सा झुक जाता था। लेकिन थोड़ी देर बाद फिर सीधा खड़ा हो जाता था।

प्रकृत के मन में एक विचार आया।

आज वह पौधा छोटा है, कमजोर है, और बड़े पेड़ों के बीच छिपा हुआ है। लेकिन अगर उसे समय और अवसर मिले, तो शायद एक दिन वही पौधा भी एक विशाल पेड़ बन सकता है।

प्रकृति में हर बड़ा पेड़ कभी न कभी एक छोटा सा पौधा ही था।

लेकिन कई बार समाज में ऐसा नहीं होता।

समाज में कई लोग छोटे या कमजोर व्यक्ति को देखकर ही यह मान लेते हैं कि वह कभी आगे नहीं बढ़ पाएगा। वे उसकी क्षमता को समझने की कोशिश ही नहीं करते।

जबकि हर व्यक्ति के भीतर एक संभावना छिपी होती है।

जरूरत केवल समय, धैर्य और अवसर की होती है।

प्रकृत उस पौधे के पास झुककर उसे ध्यान से देखने लगा।

उसे लगा जैसे वह छोटा पौधा भी चुपचाप आकाश की ओर बढ़ने का सपना देख रहा हो।

शायद वह भी एक दिन बड़ा होकर दूसरों को छाया देना चाहता होगा।

धीरे-धीरे सूर्य की रोशनी उस पौधे पर पड़ने लगी और उसकी छोटी-छोटी पत्तियाँ चमकने लगीं।

प्रकृत वापस लौटने लगा, लेकिन आज उसके मन में एक गहरी समझ थी—किसी की छोटी शुरुआत को देखकर उसके भविष्य का निर्णय नहीं करना चाहिए।

अगर पेड़ बोलते

"मनुष्य, किसी छोटे को छोटा समझकर मत ठुकराओ,
हर बड़ा पेड़ कभी एक छोटा पौधा ही था।"

नैतिक संदेश

हर व्यक्ति के भीतर आगे बढ़ने की क्षमता होती है। छोटे प्रयास और छोटी शुरुआत ही भविष्य की बड़ी सफलताओं का आधार बनती हैं।

27

एक बीज की विरासत

शहर लौट आने के बाद भी प्रकृत के मन में जंगल की स्मृतियाँ बार-बार जीवित हो उठती थीं। जब भी वह अपने दैनिक जीवन की भागदौड़ में उलझता, उसे बरगद की स्थिरता याद आती, बांस का धैर्य याद आता, नीम की कड़वी लेकिन सच्ची सीख याद आती और नदी किनारे खड़े अर्जुन वृक्ष का मौन साहस उसके भीतर फिर से जाग उठता। जंगल अब उससे दूर था, पर उसकी सीख प्रकृत के भीतर गहराई से बस चुकी थी।

एक दिन शाम के समय वह अपने घर के पास टहल रहा था। चलते-चलते उसकी नजर एक छोटी सी खाली जमीन पर पड़ी। वह जगह बिल्कुल सूनी थी—न वहाँ कोई पेड़ था, न कोई पौधा, न ही कोई हरियाली। सूखी मिट्टी और इधर-उधर बिखरे पत्थर उस जगह की वीरानी को और भी स्पष्ट कर रहे थे।

प्रकृत कुछ देर तक उसी स्थान को देखता रहा। उसे लगा जैसे यह जमीन किसी प्रतीक्षा में है—मानो वह भी किसी जीवन के स्पर्श की राह देख रही हो।

उसी क्षण उसे जंगल का वह छोटा सा पौधा याद आ गया जिसे उसने बड़े पेड़ों के बीच संघर्ष करते हुए देखा था। वह पौधा छोटा था, कमजोर था, लेकिन उसके भीतर आकाश को छूने की संभावना छिपी हुई थी।

प्रकृत के मन में एक विचार जन्म लेने लगा।

वह तुरंत घर के भीतर गया और अपने पास रखा एक छोटा सा बीज लेकर बाहर आया। उसने उस सूनी जमीन में हाथों से थोड़ा गड्ढा खोदा, सावधानी से उस बीज को उसमें रखा और ऊपर से मिट्टी डाल दी। फिर पास रखे पानी से उस मिट्टी को हल्का सा सींच दिया।

यह काम बहुत साधारण था, लेकिन प्रकृत के लिए उसका अर्थ बहुत गहरा था।

उसे लगा जैसे वह केवल एक बीज नहीं लगा रहा है, बल्कि जंगल से मिली सीख को अपने जीवन में उतार रहा है।

दिन धीरे-धीरे बीतने लगे। प्रकृत जब भी उस स्थान से गुजरता, तो अनायास उसकी नजर उसी मिट्टी पर चली जाती। कुछ दिनों बाद एक सुबह उसने देखा कि मिट्टी को

चीरकर एक छोटा सा हरा अंकुर बाहर झाँक रहा है।

प्रकृत के चेहरे पर अनायास मुस्कान आ गई।

वह कुछ देर तक उस छोटे से अंकुर को देखता रहा। हवा का हल्का सा झोंका आता और उसकी नन्ही पत्तियाँ धीरे-धीरे हिलने लगतीं। उस क्षण प्रकृत को ऐसा लगा जैसे जंगल की सारी सीख उसी छोटे पौधे में जीवित हो उठी हो।

उसने मन ही मन सोचा—शायद एक दिन यही छोटा पौधा बड़ा होकर एक विशाल पेड़ बनेगा। उसकी शाखाओं पर पक्षी अपने घर बनाएँगे, उसकी छाया में कोई थका हुआ व्यक्ति विश्राम करेगा और उसकी जड़ों के पास नई जीवनधाराएँ जन्म लेंगी।

तभी प्रकृत को यह गहरी समझ मिली कि प्रकृति से प्रेम केवल विचारों में नहीं होना चाहिए, वह हमारे कर्मों में भी दिखाई देना चाहिए।

एक छोटा बीज लगाने से दुनिया नहीं बदलती, लेकिन हर बड़ा परिवर्तन एक छोटे बीज से ही शुरू होता है।

उस दिन प्रकृत ने आकाश की ओर देखा और उसके मन में एक शांत संतोष भर गया। जंगल अब उससे दूर नहीं था—वह उस छोटे से पौधे के रूप में उसके अपने जीवन में फिर से उग आया था।

अगर पेड़ बोलते

"मनुष्य, धरती को बदलने के लिए बड़े शब्द नहीं,
एक छोटा बीज और सच्चा इरादा ही काफी है।"

नैतिक संदेश

प्रकृति की रक्षा केवल विचारों से नहीं होती; छोटे-छोटे कर्म ही भविष्य की हरियाली और संतुलन की सच्ची नींव बनते हैं।

28

एक पेड़ और बदलती सोच

समय धीरे-धीरे आगे बढ़ रहा था। जिस छोटे से बीज को प्रकृत ने उस खाली जमीन में बोया था, अब वह धीरे-धीरे एक छोटे पौधे का रूप लेने लगा था। उसकी पतली डंडी पर कुछ हरी पत्तियाँ निकल आई थीं और हर दिन वह थोड़ा-थोड़ा बढ़ रहा था।

प्रकृत जब भी उस रास्ते से गुजरता, तो अनायास उसकी नजर उसी पौधे पर चली जाती।

कई बार वह उसके पास रुककर कुछ देर खड़ा रहता। कभी मिट्टी को ठीक कर देता, कभी थोड़ा पानी डाल देता और कभी बस चुपचाप उसे बढ़ते हुए देखता रहता।

धीरे-धीरे उस पौधे को आसपास के लोगों ने भी देखना शुरू कर दिया।

एक दिन पास के घर का एक छोटा लड़का वहाँ खेलते-खेलते आया और उसने उत्सुकता से पूछा,

"यह पौधा किसने लगाया है?"

प्रकृत मुस्कुराया और बोला,

"मैंने।"

लड़के ने आश्चर्य से पौधे को देखा और फिर बोला,

"यह तो अभी बहुत छोटा है। क्या यह कभी बड़ा पेड़ बनेगा?"

प्रकृत ने धीरे से कहा,

"हाँ, अगर हम इसे बचाकर रखें, तो एक दिन यह जरूर बड़ा पेड़ बनेगा।"

लड़का कुछ देर तक उस पौधे को देखता रहा और फिर बोला,

"तब तो यहाँ छाया भी होगी।"

प्रकृत मुस्कुरा दिया।

उस छोटे से संवाद ने उसके मन में एक नई आशा जगा दी। उसे लगा कि शायद यही छोटे-छोटे विचार धीरे-धीरे समाज की सोच को बदल सकते हैं।

अगले कुछ दिनों में उस पौधे के पास और भी लोग रुकने लगे। कोई उसे देखकर मुस्कुरा देता, कोई उसके पास की मिट्टी को ठीक कर देता।

प्रकृत को यह देखकर आश्चर्य भी होता और संतोष भी।

उसे महसूस हुआ कि एक छोटा सा पेड़ केवल हरियाली ही नहीं लाता, वह लोगों के मन में भी एक नया विचार जगा सकता है।

समाज में बदलाव हमेशा बड़े भाषणों से नहीं आता।

कई बार एक छोटा सा कार्य भी लोगों के मन में नई सोच पैदा कर देता है।

शाम के समय जब हवा चलती, तो उस छोटे पौधे की पत्तियाँ धीरे-धीरे हिलने लगतीं।

प्रकृत को लगता जैसे वह पौधा चुपचाप कह रहा हो—अगर एक बीज बोया जाए, तो वह केवल पेड़ ही नहीं बनता, वह एक विचार भी बन जाता है।

धीरे-धीरे सूर्य ढलने लगा और आसमान में हल्की लालिमा फैल गई।

प्रकृत घर की ओर लौटने लगा।

आज उसके मन में एक नई समझ थी—अगर हर व्यक्ति अपने हिस्से का एक छोटा सा पेड़ लगा दे, तो शायद दुनिया पहले से कहीं अधिक सुंदर बन सकती है।

अगर पेड़ बोलते

"मनुष्य, एक बीज केवल पेड़ नहीं बनाता,
वह आने वाले समय की सोच भी उगा देता है।"

नैतिक संदेश

छोटे-छोटे अच्छे कार्य समाज में सकारात्मक परिवर्तन की शुरुआत कर सकते हैं।

29

जब पौधा पेड़ बनने लगा

समय कभी रुकता नहीं। ऋतुएँ बदलती रहीं और दिन धीरे-धीरे महीनों में बदल गए। जिस छोटे से पौधे को प्रकृत ने एक दिन मिट्टी में बोया था, अब वह पहले से काफी बड़ा हो चुका था।

उसकी शाखाएँ अब थोड़ी फैलने लगी थीं और उसकी पत्तियाँ हवा के साथ मधुर स्वर में हिलती थीं।

प्रकृत जब भी उस रास्ते से गुजरता, तो उसकी आँखों में एक अलग ही संतोष दिखाई देता। उसे ऐसा लगता जैसे वह केवल एक पौधे को बढ़ते हुए नहीं देख रहा, बल्कि एक विचार को बढ़ते हुए देख रहा है।

अब उस पौधे की छाया भी हल्की-हल्की जमीन पर दिखाई देने लगी थी।

एक दिन दो बुज़ुर्ग वहाँ से गुजर रहे थे। उनमें से एक ने रुककर उस पेड़ को देखा और कहा,

"कुछ साल पहले यहाँ तो कुछ भी नहीं था।"

दूसरे ने मुस्कुराते हुए कहा,

"हाँ, लेकिन किसी ने सही समय पर एक बीज बो दिया।"

प्रकृत थोड़ी दूरी पर खड़ा यह बात सुन रहा था।

उसके मन में एक गहरा संतोष भर गया।

उसे याद आया कि जंगल में खड़े बड़े-बड़े पेड़ भी कभी ऐसे ही छोटे पौधे रहे होंगे। समय, धैर्य और देखभाल ने ही उन्हें विशाल बना दिया।

प्रकृति का यही नियम है—जो आज छोटा है, वही कल बड़ा बन सकता है।

समाज में भी यही सच लागू होता है।

एक अच्छा विचार, एक छोटा प्रयास या एक सकारात्मक कदम—ये सब शुरुआत में बहुत छोटे लगते हैं। लेकिन समय के साथ वही चीज़ें बड़े परिवर्तन का कारण बन जाती हैं।

शाम की हल्की हवा चलने लगी।

पेड़ की पत्तियाँ धीरे-धीरे हिलने लगीं और उसकी छाया थोड़ी और लंबी हो गई।

प्रकृत कुछ देर तक उस पेड़ के पास खड़ा रहा।

उसे लगा कि जैसे वह पेड़ उसे याद दिला रहा हो कि धैर्य और निरंतर प्रयास से ही जीवन में सच्ची वृद्धि होती है।

धीरे-धीरे आकाश में सूर्य ढलने लगा और चारों ओर हल्की सुनहरी रोशनी फैल गई।

प्रकृत घर की ओर लौट गया, लेकिन आज उसके मन में एक गहरी शांति थी।

उसे पता था कि एक दिन यह छोटा पेड़ भी किसी थके हुए यात्री को छाया देगा—ठीक वैसे ही जैसे जंगल के पेड़ों ने कभी उसे शांति दी थी।

अगर पेड़ बोलते

"मनुष्य, हर बड़ा परिवर्तन समय मांगता है,
धैर्य से सींचा गया बीज ही वृक्ष बनता है।"

नैतिक संदेश

धैर्य, निरंतर प्रयास और सकारात्मक कर्म ही छोटे प्रयासों को भविष्य में बड़े परिणामों में बदलते हैं।

30

छाया में बैठा एक अजनबी

एक दिन दोपहर का समय था। धूप कुछ तेज़ थी और सड़क पर आने-जाने वाले लोग जल्दी-जल्दी अपने रास्ते पर बढ़ रहे थे। प्रकृत भी अपने काम से लौटते हुए उसी रास्ते से गुजर रहा था जहाँ उसने वर्षों पहले वह छोटा सा बीज लगाया था।

अब वह पौधा एक छोटे पेड़ का रूप ले चुका था। उसकी शाखाएँ फैलने लगी थीं और उसकी छाया भी पहले से कहीं अधिक घनी हो गई थी।

प्रकृत की नजर अचानक उस पेड़ के नीचे बैठे एक अजनबी यात्री पर पड़ी।

वह व्यक्ति थका हुआ लग रहा था। उसने अपना बैग जमीन पर रखा हुआ था और वह कुछ देर के लिए उस पेड़ की छाया में बैठकर विश्राम कर रहा था।

प्रकृत कुछ दूर खड़ा होकर यह दृश्य देखने लगा।

उस क्षण उसके मन में एक अजीब सा संतोष भर गया।

उसे याद आया कि कई साल पहले जब उसने उस जगह पर एक छोटा सा बीज बोया था, तब उसने केवल इतना ही सोचा था कि शायद एक दिन यहाँ हरियाली होगी।

लेकिन आज वही छोटा सा पेड़ किसी अजनबी को छाया दे रहा था।

प्रकृत के मन में एक गहरी समझ उभरने लगी।

मनुष्य अक्सर अपने कामों का परिणाम तुरंत देखना चाहता है। लेकिन प्रकृति का नियम अलग है। यहाँ हर चीज़ को समय लगता है।

बीज तुरंत पेड़ नहीं बनता, और पेड़ तुरंत छाया नहीं देता।

लेकिन जब समय पूरा होता है, तो वही छोटा सा प्रयास किसी दूसरे के जीवन में राहत बनकर सामने आता है।

अजनबी यात्री कुछ देर बाद उठ खड़ा हुआ। उसने पेड़ की ओर एक नजर डाली, मानो अनजाने में ही उसका धन्यवाद कर रहा हो।

फिर वह अपना बैग उठाकर आगे बढ़ गया।

प्रकृत उस दृश्य को देखता रहा।

उसके मन में एक गहरा संतोष था—आज उसे महसूस हुआ कि एक छोटा सा अच्छा काम भी किसी अनजान व्यक्ति के जीवन में सुख का कारण बन सकता है।

हवा धीरे-धीरे चलने लगी और पेड़ की पत्तियाँ हल्के से हिलने लगीं।

प्रकृत को ऐसा लगा जैसे वह पेड़ मुस्कुराकर उसे धन्यवाद दे रहा हो।

शाम धीरे-धीरे ढल रही थी और सड़क पर लंबी छायाएँ बनने लगी थीं।

प्रकृत घर की ओर लौटने लगा, लेकिन उसके मन में अब एक शांत विश्वास था—अच्छे कर्म कभी व्यर्थ नहीं जाते।

अगर पेड़ बोलते

"मनुष्य, जो भलाई तुम आज बोते हो,
वही कल किसी अनजान के लिए छाया बन जाती है।"

नैतिक संदेश

निस्वार्थ अच्छे कर्म भले ही तुरंत फल न दें, लेकिन समय आने पर वे किसी न किसी के जीवन में सुख और राहत का कारण अवश्य बनते हैं।

31

लौटकर आया वह बच्चा

समय अपनी गति से आगे बढ़ता रहा। जिस छोटे से पौधे को प्रकृत ने कभी अपने हाथों से लगाया था, अब वह एक मजबूत और घना पेड़ बन चुका था। उसकी शाखाएँ दूर तक फैल गई थीं और उसकी छाया अब सड़क के किनारे एक छोटा सा विश्राम स्थल बन चुकी थी।

उस पेड़ के नीचे अब अक्सर लोग रुक जाते थे—कोई कुछ देर आराम करने के लिए, कोई धूप से बचने के लिए, तो कोई बस थोड़ी शांति पाने के लिए।

एक दिन दोपहर के समय प्रकृत वहाँ से गुजर रहा था।

तभी उसने देखा कि एक युवक उस पेड़ के पास खड़ा उसे ध्यान से देख रहा है। उसके चेहरे पर हल्की मुस्कान थी, जैसे वह किसी पुराने परिचित को पहचानने की कोशिश कर रहा हो।

प्रकृत थोड़ा पास गया।

तभी वह युवक अचानक मुस्कुराते हुए बोला,

“क्या आप वही हैं जिन्होंने यह पौधा लगाया था?”

प्रकृत थोड़ा चौंक गया।

युवक ने आगे कहा,

“मैं बचपन में यहाँ खेला करता था। मुझे याद है, जब यह पौधा बहुत छोटा था तब मैंने आपसे पूछा था कि क्या यह कभी बड़ा पेड़ बनेगा।”

प्रकृत को अचानक वह दिन याद आ गया।

वही छोटा बच्चा, वही जिज्ञासा भरी आँखें, और वही प्रश्न।

अब वह बच्चा बड़ा होकर एक युवक बन चुका था।

प्रकृत मुस्कुरा दिया और बोला,

“हाँ, शायद वही दिन था।”

युवक कुछ देर तक उस पेड़ को देखता रहा।

फिर उसने धीरे से कहा,
"तब आपने कहा था कि अगर इसे बचाकर रखा जाए तो यह जरूर बड़ा पेड़ बनेगा। शायद उसी दिन मैंने पहली बार समझा था कि छोटे काम भी बड़े बन सकते हैं।"

प्रकृत चुपचाप उसकी बात सुनता रहा।

उसे यह देखकर आश्चर्य भी हुआ और संतोष भी कि एक छोटा सा विचार किसी के मन में इतनी गहराई तक बस सकता है।

युवक ने जाते-जाते उस पेड़ की शाखा को हल्के से छुआ और मुस्कुराते हुए आगे बढ़ गया।

प्रकृत कुछ देर तक वहीं खड़ा रहा।

उसे महसूस हुआ कि पेड़ केवल छाया ही नहीं देते—वे यादें भी बनाते हैं और लोगों के मन में विचार भी बोते हैं।

शाम की हवा धीरे-धीरे चलने लगी और पेड़ की पत्तियाँ मधुर स्वर में हिलने लगीं।

प्रकृत ने एक बार फिर उस पेड़ की ओर देखा।

अब उसे स्पष्ट महसूस हो रहा था कि जंगल की सीख केवल जंगल तक सीमित नहीं रहती—वह जीवन के हर कोने में फैल सकती है।

अगर पेड़ बोलते

"मनुष्य, एक अच्छा विचार केवल आज को नहीं बदलता,
वह आने वाली पीढ़ियों के मन में भी जड़ें जमा लेता है।"

नैतिक संदेश

छोटे सकारात्मक कार्य और विचार आने वाली पीढ़ियों के जीवन को भी प्रभावित कर सकते हैं।

32

पेड़ की छाया में मिला उत्तर

एक शांत शाम को प्रकृत फिर उसी पेड़ के पास आकर रुक गया। अब यह स्थान उसके लिए केवल एक रास्ता नहीं रह गया था। यह उसके जीवन की एक कहानी बन चुका था।

सूरज धीरे-धीरे ढल रहा था और उसकी सुनहरी किरणें पेड़ की पत्तियों से छनकर जमीन पर गिर रही थीं। हल्की हवा चल रही थी और पत्तियों की सरसराहट वातावरण को और भी शांत बना रही थी।

प्रकृत पेड़ की छाया में बैठ गया।

उसने अपनी आँखें बंद कर लीं और मन ही मन उन सभी दिनों को याद करने लगा जब वह जंगल में भटकता हुआ जीवन के उत्तर खोज रहा था।

उसे बरगद की स्थिरता याद आई।

उसे बांस का धैर्य याद आया।

उसे नीम की सच्चाई और अर्जुन वृक्ष का सहारा याद आया।

जंगल के हर पेड़ ने उसे कुछ न कुछ सिखाया था।

लेकिन आज उसे यह महसूस हुआ कि असली सीख केवल जंगल में नहीं थी। असली सीख तो यह थी कि मनुष्य अपने जीवन में क्या करता है।

उसने आँखें खोलीं और सामने खड़े उस पेड़ को देखा।

वह पेड़ अब शांत खड़ा था, ठीक वैसे ही जैसे कभी जंगल के पेड़ खड़े रहते थे। उसकी शाखाओं पर कुछ पक्षी बैठे थे और उसकी छाया में ठंडी हवा बह रही थी।

प्रकृत के मन में एक गहरी शांति उतर आई।

उसे लगा कि शायद जीवन के उत्तर हमेशा दूर कहीं नहीं होते। कई बार वे हमारे अपने छोटे-छोटे कर्मों में ही छिपे होते हैं।

अगर मनुष्य प्रकृति से सीखकर अपने जीवन में अच्छाई बो दे, तो वही अच्छाई धीरे-धीरे एक पेड़ बनकर दुनिया को छाया देने लगती है।

आसमान अब हल्का नीला से गहरा होने लगा था और शाम की ठंडक वातावरण में फैलने लगी थी।

प्रकृत धीरे-धीरे उठकर खड़ा हुआ।

उसने एक बार फिर उस पेड़ को देखा।

अब उसे ऐसा लग रहा था जैसे उसकी सारी यात्राओं का उत्तर उसे मिल चुका हो।

वह मुस्कुराते हुए घर की ओर चल पड़ा।

अगर पेड़ बोलते

"मनुष्य, उत्तर दूर जंगलों में नहीं छिपे,
वे तुम्हारे अपने कर्मों की छाया में मिलते हैं।"

नैतिक संदेश

जीवन की सच्ची समझ तभी मिलती है जब हम प्रकृति से मिली सीख को अपने कर्मों में उतारते हैं।

33

पेड़ के नीचे शुरू हुई नई कहानी

समय के साथ वह पेड़ अब उस रास्ते की पहचान बन चुका था। लोग जब भी उस रास्ते से गुजरते, तो अनायास ही उसकी छाया की ओर खिंचे चले आते।

एक दिन दोपहर के समय कुछ बच्चे वहाँ खेलने आ गए। उनके हाथों में एक छोटी सी गेंद थी और वे हँसते-खेलते उसी पेड़ के पास आकर रुक गए।

धूप थोड़ी तेज़ थी, इसलिए वे सब पेड़ की छाया में बैठ गए।

प्रकृत भी उसी समय वहाँ से गुजर रहा था। वह थोड़ी दूरी पर रुककर बच्चों को देखने लगा।

एक बच्चा जनीन पर गिरा हुआ एक छोटा सा सूखा पत्ता उठाकर बोला,
"देखो, यह इसी पेड़ का पत्ता है।"

दूसरे बच्चे ने उत्सुकता से ऊपर देखा और कहा,
"यह पेड़ कितना बड़ा है... कितना अच्छा है कि यहाँ छाया मिल जाती है।"

बच्चों की बात सुनकर प्रकृत के चेहरे पर हल्की मुस्कान आ गई।

उसे याद आया कि कभी यही जगह बिल्कुल खाली हुआ करती थी। न यहाँ कोई छाया थी और न ही बच्चों की हँसी की आवाज़।

लेकिन आज वही स्थान जीवन से भर गया था।

कुछ देर बाद बच्चों में से एक ने जमीन में पड़े एक छोटे बीज को उठाया और मज़ाक-मज़ाक में उसे मिट्टी में दबा दिया।

वह बोला,
"चलो, हम भी एक पेड़ उगाएँगे।"

बाकी बच्चे हँस पड़े, लेकिन उन्होंने भी उसी जगह थोड़ी मिट्टी डाल दी।

प्रकृत यह सब देख रहा था।

उसके मन में एक गहरी खुशी भर गई।

उसे लगा कि शायद यही प्रकृति की सबसे सुंदर बात है—एक पेड़ केवल छाया नहीं देता, वह नए विचार भी जन्म देता है।

आज उन बच्चों ने खेल-खेल में जो बीज मिट्टी में डाला था, शायद वही एक दिन सचमुच एक नया पेड़ बन जाए।

और शायद उसी पेड़ की छाया में फिर कोई नई कहानी जन्म ले।

शाम की हवा धीरे-धीरे चलने लगी और पेड़ की पत्तियाँ मधुर स्वर में हिलने लगीं।

प्रकृत ने आकाश की ओर देखा और मन ही मन मुस्कुरा दिया।

उसे लगा कि जंगल की सीख अब केवल उसकी नहीं रही—वह धीरे-धीरे दूसरों के जीवन में भी फैलने लगी है।

अगर पेड़ बोलते

"मनुष्य, एक पेड़ केवल छाया नहीं देता,
वह आने वाले कल के लिए नए बीज भी छोड़ जाता है।"

नैतिक संदेश

अच्छे कर्म और सकारात्मक विचार दूसरों को प्रेरित करते हैं, और वही प्रेरणा भविष्य में नई शुरुआतों का कारण बनती है।

34

बीज जो विचार बन गया

समय बीतता रहा, लेकिन उस पेड़ की छाया में घटित छोटी-छोटी घटनाएँ प्रकृत के मन में गहरी छाप छोड़ती जा रही थीं।

एक दिन सुबह-सुबह वह उसी रास्ते से गुजर रहा था। हवा में हल्की ठंडक थी और सूरज अभी पूरी तरह ऊपर नहीं आया था। सड़क पर ज्यादा भीड़ नहीं थी।

जब वह पेड़ के पास पहुँचा तो उसने देखा कि दो युवक वहाँ खड़े बातचीत कर रहे थे।

उनमें से एक युवक उस पेड़ की ओर इशारा करते हुए कह रहा था,

“अगर यहाँ यह पेड़ नहीं होता, तो इस रास्ते पर चलना कितना मुश्किल होता।”

दूसरे युवक ने सहमति में सिर हिलाया और बोला,

“सही कहा। पता नहीं किसने इसे लगाया होगा, लेकिन जिसने भी लगाया है उसने बहुत अच्छा काम किया है।”

प्रकृत कुछ दूरी पर खड़ा यह सब सुन रहा था।

उसने कुछ नहीं कहा, बस शांत खड़ा रहा।

उसके मन में एक गहरी संतुष्टि थी।

उसे लगा कि कई बार अच्छे कामों की सबसे बड़ी खूबसूरती यही होती है कि लोग उसके पीछे खड़े व्यक्ति को नहीं जानते, लेकिन उसके लाभ को महसूस करते हैं।

दोनों युवक थोड़ी देर बाद वहाँ से चले गए।

प्रकृत पेड़ की छाया में आकर खड़ा हो गया।

उसने ऊपर देखा—शाखाओं पर पक्षी चहक रहे थे और पत्तियाँ हल्की हवा के साथ हिल रही थीं।

उसे ऐसा महसूस हुआ जैसे वह पेड़ केवल छाया ही नहीं दे रहा, बल्कि लोगों के मन में एक विचार भी बो रहा है।

शायद जो लोग इस पेड़ की छाया का सुख महसूस करते हैं, उनके मन में भी कहीं न कहीं यह विचार जन्म लेता होगा कि उन्हें भी प्रकृति के लिए कुछ करना चाहिए।

प्रकृत के मन में यह समझ और स्पष्ट हो गई—एक बीज केवल पेड़ नहीं बनता, वह एक विचार भी बन सकता है।

और जब कोई विचार लोगों के मन में जड़ें जमा लेता है, तब वह समाज को बदलने की शक्ति रखता है।

धीरे-धीरे सुबह की रोशनी फैलने लगी और रास्ते पर लोगों की आवाजाही बढ़ने लगी।

प्रकृत ने पेड़ को एक बार फिर देखा और मुस्कुराते हुए आगे बढ़ गया।

उसे अब विश्वास था कि प्रकृति की सीख धीरे-धीरे समाज में फैल रही है।

अगर पेड़ बोलते

"मनुष्य, हर बीज केवल पेड़ नहीं बनता,
कुछ बीज विचार बनकर समाज में फैल जाते हैं।"

नैतिक संदेश

एक छोटा सा सकारात्मक कार्य भी समाज में बड़े बदलाव की प्रेरणा बन सकता है।

35

धूप में खड़ा प्रहरी

गर्मियों का मौसम था। सूरज की तपती किरणें धरती को गर्म कर रही थीं। सड़क पर चलने वाले लोग जल्दी-जल्दी अपने गंतव्य की ओर बढ़ रहे थे, क्योंकि धूप में रुकना कठिन हो रहा था।

प्रकृत भी उसी रास्ते से गुजर रहा था जहाँ उसका लगाया हुआ पेड़ अब एक मजबूत और घना वृक्ष बन चुका था।

आज उसने देखा कि उस पेड़ की छाया में कई लोग खड़े थे। कोई अपने सिर पर रखा बोझ थोड़ी देर के लिए नीचे रखकर आराम कर रहा था, तो कोई पसीना पोंछते हुए ठंडी हवा का आनंद ले रहा था।

प्रकृत थोड़ी दूरी पर खड़ा यह दृश्य देखता रहा।

उसे लगा जैसे यह पेड़ उस रास्ते का एक शांत प्रहरी बन गया है—जो हर दिन बिना कुछ कहे लोगों की सेवा करता रहता है।

तभी एक बुजुर्ग व्यक्ति धीरे-धीरे चलते हुए वहाँ पहुँचे। वे थके हुए लग रहे थे। उन्होंने पेड़ की छाया में आकर गहरी साँस ली और कुछ देर के लिए वहीं बैठ गए।

उनके चेहरे पर धीरे-धीरे राहत दिखाई देने लगी।

प्रकृत यह देखकर भावुक हो गया।

उसे याद आया कि कभी यह जगह बिल्कुल खाली हुआ करती थी। यहाँ धूप ही धूप होती थी और लोग जल्दी-जल्दी यहाँ से गुजर जाते थे।

लेकिन आज वही स्थान एक विश्राम स्थल बन गया था।

प्रकृत के मन में एक गहरा विचार आया—सच्ची सेवा वही होती है जो बिना किसी अपेक्षा के की जाए।

पेड़ भी तो यही करता है।

वह न किसी से धन्यवाद की उम्मीद करता है और न ही किसी पहचान की। वह बस खड़ा रहता है और हर आने-जाने वाले को अपनी छाया दे देता है।

धीरे-धीरे हवा चलने लगी और पेड़ की पत्तियाँ मधुर स्वर में हिलने लगीं।
प्रकृत को ऐसा लगा जैसे वह पेड़ उसे एक और गहरी बात समझा रहा हो।
सूरज अब थोड़ा ढलने लगा था।
प्रकृत मुस्कुराते हुए आगे बढ़ गया।
आज उसे यह समझ और गहराई से महसूस हुई कि प्रकृति का सबसे बड़ा धर्म सेवा है।

अगर पेड़ बोलते

"मनुष्य, सबसे बड़ा वही है
जो बिना बोले दूसरों को सहारा देता है।"

नैतिक संदेश

निस्वार्थ सेवा ही सच्ची महानता का सबसे सरल और सुंदर रूप है।

36

सूखी डाल की चेतावनी

एक दिन दोपहर के समय प्रकृत उसी रास्ते से गुजर रहा था। मौसम सामान्य था, लेकिन हवा कुछ तेज़ चल रही थी। पेड़ की शाखाएँ हवा के साथ धीरे-धीरे हिल रही थीं।

जैसे ही प्रकृत पेड़ के पास पहुँचा, उसकी नजर जमीन पर पड़ी एक सूखी डाल पर गई जो अभी-अभी पेड़ से टूटकर नीचे गिरी थी।

वह कुछ क्षण वहीं खड़ा होकर उस डाल को देखने लगा।

वह डाल कभी उसी पेड़ का हिस्सा रही होगी—हरी, जीवित और मजबूत। लेकिन अब वह सूख चुकी थी और पेड़ से अलग होकर जमीन पर पड़ी थी।

प्रकृत के मन में धीरे-धीरे एक विचार उठने लगा।

कभी-कभी जीवन में भी ऐसा होता है। जब कोई शाखा अपनी जड़ों से जुड़ी रहती है, तो वह हरी-भरी रहती है। लेकिन जैसे ही वह अपने स्रोत से अलग हो जाती है, उसका जीवन धीरे-धीरे सूखने लगता है।

समाज में भी कई बार लोग अपने मूल मूल्यों से दूर हो जाते हैं—ईमानदारी, सहानुभूति और सच्चाई जैसे गुणों से।

जब मनुष्य इन मूल्यों से दूर हो जाता है, तो उसका जीवन भी उस सूखी डाल की तरह निर्जीव होने लगता है।

प्रकृत ने उस डाल को उठाया और धीरे से पेड़ के पास रख दिया।

उसने ऊपर देखा—पेड़ की बाकी शाखाएँ अब भी हरी थीं, जीवन से भरी हुई।

उसे महसूस हुआ कि जीवन में सबसे जरूरी बात है अपनी जड़ों से जुड़े रहना।

जड़ें ही पेड़ को जीवन देती हैं, और मूल्य ही मनुष्य के जीवन को अर्थ देते हैं।

हवा धीरे-धीरे चलने लगी और पत्तियाँ फिर से सरसराने लगीं।

प्रकृत को ऐसा लगा जैसे पेड़ अपनी खामोश भाषा में उसे यह बात समझा रहा हो।

कुछ देर बाद वह मुस्कुराते हुए अपने रास्ते पर आगे बढ़ गया।

अगर पेड़ बोलते

"मनुष्य, शाखाएँ तभी तक हरी रहती हैं
जब तक उनका संबंध जड़ों से बना रहता है।"

नैतिक संदेश

मनुष्य के जीवन में उसके मूल मूल्य ही उसकी जड़ें होते हैं। उनसे जुड़े रहने पर ही जीवन सच्चे अर्थों में फलता-फूलता है।

37

सुबह की पहली चिड़िया

एक दिन बहुत सुबह प्रकृत उस रास्ते से गुजर रहा था। सूरज अभी पूरी तरह उगा नहीं था। आकाश हल्का सुनहरा हो रहा था और चारों ओर एक शांत वातावरण फैला हुआ था।

सड़क लगभग खाली थी। हवा में ताजगी थी और पेड़ की पत्तियों पर ओस की छोटी-छोटी बूंदें चमक रही थीं।

प्रकृत जब उस पेड़ के पास पहुँचा, तो उसने देखा कि उसकी एक ऊँची शाखा पर एक छोटी चिड़िया बैठी हुई थी।

वह लगातार चहचहा रही थी, जैसे सुबह का स्वागत कर रही हो।

कुछ ही क्षणों में दूसरी चिड़िया भी आकर उसी शाखा पर बैठ गई। फिर धीरे-धीरे कई और पक्षी वहाँ आ गए।

कुछ ही देर में वह पेड़ पक्षियों की चहचहाहट से भर गया।

प्रकृत वहीं खड़ा यह दृश्य देखने लगा।

उसे महसूस हुआ कि यह पेड़ अब केवल छाया देने वाला पेड़ नहीं रहा। यह अब कई छोटे-छोटे जीवों का घर बन चुका था।

पक्षी उसकी शाखाओं पर बैठते, कुछ देर आराम करते और फिर उड़ जाते।

प्रकृत के मन में एक गहरी समझ उभरने लगी।

जीवन में जब कोई व्यक्ति अच्छा काम करता है, तो उसका प्रभाव केवल एक जगह तक सीमित नहीं रहता।

जैसे यह पेड़ केवल इंसानों को ही नहीं, बल्कि पक्षियों को भी आश्रय दे रहा था।

प्रकृति में हर अच्छा काम कई जीवनों को प्रभावित करता है—कभी दिखाई देकर, कभी चुपचाप।

धीरे-धीरे सूरज ऊपर उठने लगा और उसकी किरणें पेड़ की शाखाओं पर चमकने लगीं।

पक्षी एक-एक करके उड़ने लगे और आकाश में फैल गए।

प्रकृत ने ऊपर देखा और मुस्कुराया।

आज उसे यह समझ और स्पष्ट हो गई थी कि प्रकृति का हर छोटा संतुलन अनेक जीवनों को जोड़ता है।

वह शांत मन से आगे बढ़ गया।

अगर पेड़ बोलते

"मनुष्य, एक पेड़ केवल तुम्हारा नहीं होता,
उसकी शाखाएँ अनेक जीवनों का सहारा बनती हैं।"

नैतिक संदेश

प्रकृति का संरक्षण केवल मनुष्य के लिए नहीं, बल्कि अनगिनत जीवों के जीवन के लिए भी आवश्यक है।

38

पीपल की गहरी सांस

एक दिन प्रकृत फिर जंगल की ओर निकल पड़ा। कई दिनों से वह शहर की व्यस्तता में उलझा हुआ था और उसका मन फिर से प्रकृति की शांति को महसूस करना चाहता था।

जंगल में प्रवेश करते ही उसे वही पुरानी ठंडी हवा महसूस हुई। पक्षियों की आवाज़ें, पत्तियों की हल्की सरसराहट और मिट्टी की खुशबू उसके मन को शांत करने लगी।

धीरे-धीरे चलते हुए वह जंगल के एक पुराने हिस्से में पहुँचा।

वहाँ एक विशाल पीपल का पेड़ खड़ा था।

उसकी शाखाएँ बहुत दूर तक फैली हुई थीं और उसकी पत्तियाँ हवा के साथ लगातार हिल रही थीं। हर पत्ती से जैसे एक अलग ही ध्वनि निकल रही थी—एक धीमी, शांत और गहरी ध्वनि।

प्रकृत उस पेड़ के नीचे बैठ गया।

उसने कुछ देर तक आँखें बंद कर लीं और गहरी साँस ली।

अचानक उसे महसूस हुआ कि इस पेड़ के आसपास की हवा बाकी जगहों से अलग लग रही है—ज्यादा ठंडी, ज्यादा जीवंत।

उसे याद आया कि लोग कहते हैं कि पीपल का पेड़ दिन-रात जीवनदायिनी हवा देता है।

प्रकृत के मन में एक विचार आया।

यह पेड़ बिना किसी दिखावे के लगातार जीवन दे रहा है। न वह बोलता है, न अपनी महानता का प्रचार करता है—फिर भी वह अनगिनत जीवों के लिए साँस का आधार बना हुआ है।

प्रकृत ने ऊपर देखा।

पीपल की पत्तियाँ हवा में हिल रही थीं, जैसे वे हर पल जीवन की लय में झूम रही हों।

उसे लगा कि शायद जीवन का सबसे बड़ा रहस्य भी यही है—देते रहना, बिना शोर के।

जो व्यक्ति केवल अपने लिए जीता है, उसका जीवन छोटा हो जाता है। लेकिन जो दूसरों के लिए भी कुछ देता है, उसका जीवन एक पेड़ की तरह विशाल हो जाता है।

कुछ देर बाद प्रकृत उठ खड़ा हुआ।

आज जंगल ने उसे फिर एक नई सीख दी थी।

जब वह वापस लौटने लगा, तो पीछे मुड़कर उसने उस पीपल के पेड़ को देखा।

वह अब भी उसी तरह शांत खड़ा था—जैसे सदियों से खड़ा हो और आने वाले समय तक खड़ा रहेगा।

अगर पेड़ बोलते

"मनुष्य, सबसे महान वही है
जो बिना शोर किए जीवन देता रहता है।"

नैतिक संदेश

सच्ची महानता दिखावे में नहीं, बल्कि निस्वार्थ रूप से दूसरों के लिए उपयोगी बनने में होती है।

39

कचनार का मौन सौंदर्य

वसंत अब पूरी तरह जंगल में उतर आया था। चारों ओर नई हरियाली दिखाई देने लगी थी। कई पेड़ों पर कोमल पत्तियाँ निकल आई थीं और हवा में एक ताजगी घुली हुई थी।

प्रकृत उस दिन धीरे-धीरे जंगल के भीतर चलता जा रहा था। वह किसी विशेष जगह की तलाश में नहीं था, बस प्रकृति की शांति को महसूस करना चाहता था।

चलते-चलते उसकी नजर एक ऐसे पेड़ पर पड़ी जो बहुत बड़ा नहीं था, लेकिन बेहद सुंदर दिख रहा था।

वह था कचनार का पेड़।

उसकी शाखाओं पर गुलाबी और हल्के सफेद रंग के फूल खिले हुए थे। वे फूल बहुत आकर्षक थे, लेकिन उनमें कोई दिखावा नहीं था। वे चुपचाप खिले हुए थे, जैसे प्रकृति ने उन्हें बस सजावट के लिए नहीं बल्कि सौंदर्य की एक शांत भाषा के रूप में बनाया हो।

प्रकृत उस पेड़ के पास जाकर खड़ा हो गया।

उसने देखा कि वहाँ से गुजरने वाले कुछ लोग उस पेड़ की ओर देखते जरूर थे, लेकिन जल्दी-जल्दी आगे बढ़ जाते थे। शायद उन्हें उसकी सुंदरता को महसूस करने का समय नहीं था।

प्रकृत के मन में एक विचार आया।

दुनिया में कई बार सच्ची सुंदरता बहुत शांत होती है। वह शोर नहीं करती, ध्यान खींचने की कोशिश नहीं करती।

जो लोग जल्दी में होते हैं, वे उसे देख ही नहीं पाते।

कचनार का पेड़ भी कुछ ऐसा ही था—वह जंगल के कोने में खड़ा चुपचाप अपने फूलों से वातावरण को सुंदर बना रहा था।

प्रकृत को लगा कि जीवन में भी कई लोग ऐसे होते हैं जो बिना किसी प्रचार के अच्छा काम करते रहते हैं। वे मंच पर नहीं होते, लेकिन समाज की सुंदरता उन्हीं की वजह से बनी रहती है।

हवा धीरे-धीरे चली और कचनार के फूल हल्के-हल्के हिलने लगे।

प्रकृत ने कुछ देर तक उस दृश्य को देखा।

आज जंगल ने उसे यह सिखाया था कि हर सुंदरता को पहचानने के लिए धीरे चलना और ध्यान से देखना जरूरी है।

कुछ देर बाद वह मुस्कुराते हुए वापस लौटने लगा।

अगर पेड़ बोलते

"मनुष्य, सच्ची सुंदरता शोर नहीं करती,
वह चुपचाप दुनिया को सुंदर बनाती है।"

नैतिक संदेश

जो लोग बिना दिखावे के अच्छे काम करते हैं, वही समाज की असली सुंदरता होते हैं।

40

महुआ की उदार रात

गर्मी के मौसम की शुरुआत हो चुकी थी। दिन में धूप तेज़ हो जाती थी, इसलिए उस दिन प्रकृत शाम के समय जंगल की ओर निकल पड़ा। सूर्य धीरे-धीरे पश्चिम की ओर ढल रहा था और आकाश हल्का सुनहरा दिखाई दे रहा था।

जंगल में प्रवेश करते ही उसे मिट्टी और पत्तों की मिली-जुली खुशबू महसूस हुई। हवा हल्की ठंडी थी और दूर कहीं से पक्षियों की आवाज़ें आ रही थीं।

प्रकृत धीरे-धीरे चलते हुए जंगल के उस हिस्से में पहुँचा जहाँ उसने पहले कभी ध्यान नहीं दिया था। वहाँ एक बड़ा महुआ का पेड़ खड़ा था।

पेड़ बहुत पुराना लग रहा था। उसकी मोटी शाखाएँ चारों ओर फैली हुई थीं और उसके नीचे जमीन पर बहुत सारे छोटे-छोटे फूल गिरे हुए थे।

महुआ के फूलों से एक मीठी सुगंध उठ रही थी।

उसी समय प्रकृत ने देखा कि पास के गाँव की दो महिलाएँ टोकरी लेकर वहाँ आईं और जमीन पर गिरे महुआ के फूलों को इकट्ठा करने लगीं।

थोड़ी देर में कुछ बच्चे भी आ गए। वे भी फूल बटोरने लगे और आपस में हँसते-बातें करते रहे।

प्रकृत थोड़ी दूरी पर खड़ा यह सब देख रहा था।

उसे आश्चर्य हुआ कि यह पेड़ अपने फूलों को शाखाओं पर नहीं संभाल कर रखता। रात होते ही उसके फूल जमीन पर गिर जाते हैं ताकि लोग उन्हें आसानी से इकट्ठा कर सकें।

प्रकृत पेड़ के पास जाकर खड़ा हो गया।

महुआ के फूलों की खुशबू हवा में फैल रही थी। उसे ऐसा लगा जैसे पेड़ की खामोशी में भी कोई गहरा संदेश छिपा हो।

कुछ देर बाद हवा हल्की-सी चली और पेड़ की पत्तियाँ सरसराने लगीं।

उस सरसराहट में जैसे कोई आवाज़ धीरे-धीरे उभरी—

“मनुष्य, देने का अर्थ केवल अपने पास से कुछ खो देना नहीं होता। सच्चा दान वही है जो किसी और के जीवन को सहारा दे सके।”

प्रकृत चुपचाप उस पेड़ को देखता रहा।

उसे लगा जैसे महुआ का पेड़ सदियों से यही काम करता आ रहा है—हर साल अपने फूल गिराकर अनगिनत लोगों की मदद करना।

गाँव के लोग उन फूलों से भोजन बनाते हैं, मिठास पाते हैं और कई बार उसी से उनका जीवन चलता है।

प्रकृत के मन में एक गहरी समझ जन्म लेने लगी।

समाज में भी कई लोग ऐसे होते हैं जो चुपचाप दूसरों की मदद करते रहते हैं। वे अपने काम का ढिंढोरा नहीं पीटते, लेकिन उनके कारण कई जीवन सहज हो जाते हैं।

धीरे-धीरे अँधेरा बढ़ने लगा।

गाँव की महिलाएँ अपनी टोकरियाँ भरकर वापस लौट गईं और बच्चे भी हँसते-खेलते चले गए।

जंगल फिर से शांत हो गया।

प्रकृत ने आखिरी बार उस महुआ के पेड़ की ओर देखा।

आज जंगल ने उसे उदारता का एक और गहरा अर्थ समझाया था—देना केवल शब्द नहीं, बल्कि जीवन का स्वभाव होना चाहिए।

वह धीरे-धीरे जंगल से बाहर की ओर चल पड़ा।

अगर पेड़ बोलते

“मनुष्य, जो स्वयं झुककर देता है,
वही दूसरों के जीवन में मिठास भरता है।”

नैतिक संदेश

सच्ची उदारता वही है जो बिना दिखावे के दूसरों के जीवन को सहारा दे।

41

अमलतास की सुनहरी वर्षा

गर्मी अपने चरम पर थी। सूरज की तेज़ किरणें जंगल की पगडंडियों को तपाने लगी थीं। ऐसे मौसम में भी प्रकृत का मन जंगल की ओर खिंच आया।

वह धीरे-धीरे उसी पगडंडी पर चल रहा था जहाँ पेड़ों की लंबी कतारें थीं। चलते-चलते अचानक उसकी नजर एक ऐसे पेड़ पर पड़ी जो दूर से ही चमक रहा था।

वह था अमलतास का पेड़।

उसकी शाखाओं से लंबे-लंबे गुच्छों में सुनहरे पीले फूल लटक रहे थे। ऐसा लग रहा था जैसे किसी ने पेड़ पर सोने की वर्षा कर दी हो।

तेज़ धूप के बीच वह पेड़ और भी चमक रहा था।

प्रकृत कुछ देर तक वहीं खड़ा उस अद्‌भुत दृश्य को देखता रहा।

उसी समय वहाँ से कुछ राहगीर गुजरने लगे। वे कुछ पल उस पेड़ को देखकर रुक गए। उनमें से एक व्यक्ति बोला—

"देखो, कितनी गर्मी है... लेकिन यह पेड़ कितना सुंदर लग रहा है।"

दूसरा मुस्कुराकर बोला—

"सच में, जैसे गर्मी के बीच भी यह खुश रहना जानता हो।"

प्रकृत ने यह बात सुनी तो उसके मन में एक विचार उठा।

जीवन में भी कई बार परिस्थितियाँ बहुत कठिन हो जाती हैं—जैसे गर्मी का यह मौसम। लेकिन कुछ लोग ऐसे होते हैं जो उन कठिन परिस्थितियों में भी अपने भीतर की खुशी और सुंदरता को बनाए रखते हैं।

अमलतास का पेड़ भी शायद यही सिखा रहा था।

जब मौसम सबसे कठोर होता है, तभी वह अपने सबसे सुंदर फूलों से भर जाता है।

प्रकृत पेड़ के नीचे जाकर खड़ा हो गया।

हवा चली और पीले फूलों के गुच्छे धीरे-धीरे हिलने लगे। कुछ फूल टूटकर नीचे गिर गए और जमीन पर सुनहरी चादर-सी बिछ गई।

उसी सरसराहट में जैसे एक आवाज़ उभरी—

"मनुष्य, कठिन समय ही तुम्हारी असली पहचान बनाता है।
अगर तुम मुस्कुरा सके, तो वही तुम्हारी सबसे बड़ी ताकत है।"

प्रकृत ने ऊपर देखा।

अमलतास के फूल धूप में चमक रहे थे।

उसे लगा जैसे यह पेड़ जीवन का एक सरल लेकिन गहरा रहस्य बता रहा है—कठिन समय में भी अपना उजाला मत खोना।

धीरे-धीरे हवा शांत हो गई।

प्रकृत कुछ देर वहाँ खड़ा रहा और फिर मुस्कुराते हुए वापस लौटने लगा।

आज जंगल ने उसे सिखाया था कि जीवन की सबसे बड़ी सुंदरता वही है जो कठिन समय में भी खिल सके।

अगर पेड़ बोलते

"मनुष्य, सबसे सुंदर वही है
जो कठिन समय में भी खिलना जानता है।"

नैतिक संदेश

कठिन परिस्थितियाँ मनुष्य की असली शक्ति और सकारात्मकता को प्रकट करती हैं।

42
खैर का कठोर सत्य

एक दिन बादलों से भरा हुआ मौसम था। जंगल में हल्की नमी थी और मिट्टी से उठती सुगंध वातावरण को शांत बना रही थी। प्रकृत धीरे-धीरे जंगल की पगडंडी पर चल रहा था। चलते-चलते वह जंगल के उस हिस्से में पहुँच गया जहाँ पेड़ों की संख्या थोड़ी कम थी, लेकिन जो पेड़ थे वे बहुत मजबूत और पुराने दिखाई दे रहे थे।

उसी जगह उसकी नजर एक खैर के पेड़ पर पड़ी।

उसका तना बहुत कठोर था। उसकी छाल खुरदरी थी और उसकी शाखाएँ सीधी और मजबूत दिखाई दे रही थीं। वह पेड़ देखने में सुंदर नहीं था, लेकिन उसमें एक अजीब-सी दृढ़ता दिखाई देती थी।

प्रकृत उसके पास जाकर खड़ा हो गया।

उसी समय उसने देखा कि पास से दो ग्रामीण गुजर रहे थे। वे आपस में बात कर रहे थे कि खैर की लकड़ी कितनी मजबूत होती है और उससे कितनी उपयोगी चीजें बनती हैं।

प्रकृत यह सुनकर सोच में पड़ गया।

कई बार जीवन में भी ऐसा होता है कि जो चीजें बाहर से साधारण या कठोर दिखाई देती हैं, वही भीतर से सबसे अधिक उपयोगी होती हैं।

जो लोग केवल बाहरी सुंदरता पर ध्यान देते हैं, वे अक्सर असली मूल्य को पहचान नहीं पाते।

प्रकृत पेड़ के तने को ध्यान से देखने लगा।

खैर का पेड़ चमकदार नहीं था, लेकिन उसकी मजबूती उसे विशेष बना रही थी। वह वर्षों से जंगल में खड़ा था और हर मौसम को सहते हुए भी अडिग था।

हवा धीरे-धीरे चलने लगी।

उसकी पत्तियाँ हिलीं और उस सरसराहट में जैसे एक गंभीर आवाज़ उभरी—

"मनुष्य, हर चीज की कीमत उसके रूप से नहीं होती।
सच्चा मूल्य उसकी मजबूती और उपयोगिता में होता है।"

प्रकृत कुछ देर तक उस पेड़ को देखता रहा।

उसे लगा कि समाज में भी कई लोग ऐसे होते हैं जो चमक-दमक से दूर रहते हैं, लेकिन उनके भीतर अद्‌भुत मजबूती और ईमानदारी होती है। वही लोग कठिन समय में समाज का सहारा बनते हैं।

धीरे-धीरे बादल छँटने लगे और हल्की धूप पेड़ों के बीच से झलकने लगी।

प्रकृत मुस्कुराया।

आज जंगल ने उसे एक और गहरी बात समझाई थी—दिखावा नहीं, बल्कि चरित्र ही मनुष्य की असली पहचान होता है।

वह धीरे-धीरे पगडंडी पर आगे बढ़ गया।

अगर पेड़ बोलते

"मनुष्य, चमक देखकर मत परखो,
असली मूल्य भीतर की मजबूती में होता है।"

नैतिक संदेश

मनुष्य का वास्तविक मूल्य उसके बाहरी रूप में नहीं, बल्कि उसके चरित्र और दृढ़ता में होता है।

43

ताड़ का ऊँचा धैर्य

एक दिन प्रकृत जंगल के उस हिस्से में चला गया जहाँ जमीन थोड़ी समतल थी और दूर-दूर तक खुला आकाश दिखाई देता था। वहाँ पेड़ों की संख्या कम थी, लेकिन जो पेड़ थे वे बहुत ऊँचे दिखाई देते थे।

चलते-चलते उसकी नजर एक ताड़ के पेड़ पर पड़ी।

वह पेड़ बहुत ऊँचा था। उसका तना सीधा ऊपर आसमान की ओर उठता हुआ दिखाई दे रहा था। नीचे से देखने पर उसकी ऊँचाई का अंदाज़ा लगाना भी मुश्किल था।

प्रकृत उस पेड़ के पास जाकर खड़ा हो गया।

उसने देखा कि ताड़ का पेड़ बाकी पेड़ों की तरह घना नहीं था। उसकी शाखाएँ ऊपर जाकर फैली हुई थीं और उसका तना बिल्कुल सीधा था।

हवा थोड़ी तेज़ चल रही थी।

ऊपर ताड़ की पत्तियाँ हवा के साथ जोर से हिल रही थीं, लेकिन उसका तना बिल्कुल स्थिर था।

प्रकृत कुछ देर तक उस दृश्य को देखता रहा।

उसके मन में एक विचार आया—इतनी ऊँचाई तक पहुँचने के लिए इस पेड़ को कितने वर्षों का धैर्य लगा होगा।

धीरे-धीरे बढ़ते हुए, मौसमों को सहते हुए, यह पेड़ आज इतना ऊँचा हो पाया होगा।

उसी समय वहाँ से गुजरते हुए एक ग्रामीण ने अपने साथी से कहा—

“ताड़ का पेड़ जल्दी नहीं बढ़ता, लेकिन जब बढ़ता है तो बहुत ऊँचा हो जाता है।”

प्रकृत ने यह बात सुनी तो उसके मन में एक गहरी समझ उभरी।

आजकल लोग जीवन में जल्दी सफलता चाहते हैं। वे तुरंत परिणाम चाहते हैं।

लेकिन प्रकृति हमें कुछ और ही सिखाती है।

ताड़ का पेड़ धीरे-धीरे बढ़ता है, लेकिन उसकी ऊँचाई और स्थिरता उसे विशेष बना देती है।

हवा फिर से चली।

ऊपर पत्तियाँ हिलीं और जैसे उस सरसराहट में एक आवाज़ उभरी—

"मनुष्य, जल्दी पाने की लालसा मत रखो।
जो धैर्य से बढ़ता है, वही सबसे ऊँचा खड़ा होता है।"

प्रकृत ने ऊपर देखा।

ताड़ का पेड़ आसमान को छूता हुआ खड़ा था।

उसे लगा जैसे यह पेड़ उसे जीवन का एक सरल लेकिन गहरा रहस्य बता रहा है—सफलता का सबसे बड़ा आधार धैर्य है।

कुछ देर बाद प्रकृत मुस्कुराते हुए वहाँ से आगे बढ़ गया।

आज जंगल ने उसे सिखाया था कि ऊँचाई पाने के लिए समय और धैर्य दोनों की आवश्यकता होती है।

अगर पेड़ बोलते

"मनुष्य, जो धैर्य से बढ़ता है,
वही एक दिन सबसे ऊँचा खड़ा होता है।"

नैतिक संदेश

धैर्य और निरंतर प्रयास ही जीवन में स्थायी सफलता का आधार होते हैं।

44

जामुन का धैर्य और समय

बरसात का मौसम आने वाला था। आसमान में हल्के बादल तैर रहे थे और जंगल की हवा में नमी बढ़ने लगी थी। प्रकृत उस दिन धीरे-धीरे जंगल की उसी पगडंडी पर चल रहा था जहाँ हर मोड़ पर उसे प्रकृति से कोई नई सीख मिल जाती थी।

चलते-चलते वह एक ऐसे स्थान पर पहुँचा जहाँ एक जामुन का पेड़ खड़ा था।

वह पेड़ बहुत घना था। उसकी शाखाएँ चारों ओर फैली हुई थीं और उसके पत्तों के बीच छोटे-छोटे हरे जामुन दिखाई दे रहे थे जो अभी पूरी तरह पके नहीं थे।

प्रकृत उस पेड़ के नीचे आकर खड़ा हो गया।

उसी समय पास के गाँव के कुछ बच्चे वहाँ आए। उन्होंने ऊपर देखा और उनमें से एक बच्चे ने कहा—

"अरे, अभी जामुन नहीं तोड़ना... अभी कच्चे हैं।"

दूसरा बच्चा बोला—

"हाँ, कुछ दिन बाद आएँगे तब ये मीठे हो जाएँगे।"

बच्चे हँसते हुए वहाँ से चले गए।

प्रकृत यह सब देखता रहा।

उसने ऊपर देखा—जामुन के छोटे-छोटे फल अभी कच्चे थे। उन्हें पकने में समय लगेगा।

प्रकृत के मन में एक विचार आया।

प्रकृति कभी जल्दबाज़ी नहीं करती। हर चीज अपने समय पर ही पूर्ण होती है।

यदि जामुन अभी तोड़ लिए जाएँ, तो उनका स्वाद कड़वा लगेगा। लेकिन यदि उन्हें समय दिया जाए, तो वही फल मीठे बन जाते हैं।

प्रकृत पेड़ के तने के पास खड़ा सोच ही रहा था कि तभी हवा हल्की-सी चली।

जामुन के पत्ते हिले और उस सरसराहट में जैसे एक शांत आवाज़ सुनाई दी—

"मनुष्य, अधीर मत बनो।
जो समय से पहले मिलता है, वह अक्सर अधूरा होता है।"

प्रकृत ने ध्यान से उस पेड़ को देखा।

उसे लगा जैसे जामुन का पेड़ उसे यह सिखा रहा है कि जीवन में भी हर सफलता, हर परिणाम को समय की परिपक्वता चाहिए।

जल्दबाज़ी में लिया गया निर्णय अक्सर कच्चा ही रह जाता है।

धीरे-धीरे बादल घिरने लगे और हल्की हवा चलने लगी।

प्रकृत मुस्कुराया।

आज जंगल ने उसे सिखाया था कि जैसे जामुन को मीठा बनने के लिए समय चाहिए, वैसे ही जीवन में भी हर अच्छी चीज को धैर्य और समय दोनों चाहिए।

वह धीरे-धीरे जंगल की पगडंडी पर आगे बढ़ गया।

अगर पेड़ बोलते

"मनुष्य, हर फल को पकने का समय चाहिए,
अधीरता केवल कड़वाहट देती है।"

नैतिक संदेश

धैर्य और सही समय का इंतजार ही जीवन में मीठे परिणाम लाता है।

45

पीपल का अनंत जीवन

एक दिन सुबह-सुबह प्रकृत जंगल की ओर निकल पड़ा। रात की हल्की बारिश के कारण मिट्टी से एक भीनी-सी सुगंध उठ रही थी। पेड़ों की पत्तियाँ धुली हुई लग रही थीं और हवा भी पहले से अधिक ताज़गी भरी थी।

चलते-चलते प्रकृत जंगल के एक पुराने हिस्से में पहुँच गया।

वहाँ एक बहुत विशाल पीपल का पेड़ खड़ा था।

उसका तना मोटा और पुराना था। उसकी शाखाएँ चारों ओर फैली हुई थीं और उसकी असंख्य पत्तियाँ हवा के साथ लगातार हिल रही थीं। सूरज की किरणें जब उन पत्तियों से टकरातीं, तो ऐसा लगता जैसे पेड़ के भीतर कोई शांत संगीत बज रहा हो।

प्रकृत उस पेड़ के पास जाकर खड़ा हो गया।

वह पेड़ बहुत पुराना लग रहा था। शायद उसने कई पीढ़ियाँ देखी होंगी—कई ऋतुएँ, कई कहानियाँ और कई मनुष्यों के जीवन।

उसी समय एक वृद्ध व्यक्ति वहाँ आया और पेड़ के नीचे बैठ गया। उसने अपनी आँखें बंद कर लीं और कुछ देर शांत बैठा रहा।

प्रकृत यह सब देख रहा था।

कुछ देर बाद वह वृद्ध उठकर जाने लगा। जाते-जाते उसने पेड़ को हल्के से छुआ और बोला—

“तू कितने लोगों को शांति देता है।”

वह व्यक्ति धीरे-धीरे वहाँ से चला गया।

प्रकृत के मन में एक गहरा विचार आया।

कुछ लोग जीवन में केवल अपने लिए जीते हैं, लेकिन कुछ लोग ऐसे भी होते हैं जो अपने अस्तित्व से ही दूसरों को शांति और सहारा देते हैं।

पीपल का पेड़ भी शायद ऐसा ही था।

वह किसी से कुछ माँगता नहीं था, लेकिन उसकी छाया में बैठने वाला हर व्यक्ति थोड़ी शांति लेकर ही उठता था।

हवा हल्की-सी चली।

पीपल की पत्तियाँ एक साथ हिलने लगीं और उनकी सरसराहट में जैसे एक शांत आवाज़ सुनाई दी—

"मनुष्य, जीवन केवल अपने लिए मत जीओ।
यदि तुम्हारे होने से किसी को शांति मिले, तो वही सबसे बड़ा जीवन है।"

प्रकृत ने ऊपर देखा।

पीपल की पत्तियाँ धूप में चमक रही थीं।

उसे लगा जैसे यह पेड़ उसे जीवन का एक गहरा सत्य बता रहा है—सच्चा जीवन वही है जो दूसरों के लिए भी उपयोगी हो।

कुछ देर बाद प्रकृत वहाँ से आगे बढ़ गया।

आज जंगल ने उसे सिखाया था कि मनुष्य का सबसे बड़ा मूल्य उसके अस्तित्व से मिलने वाली शांति में होता है।

अगर पेड़ बोलते

"मनुष्य, अपने जीवन को इतना विशाल बनाओ
कि तुम्हारी छाया में दूसरों को भी शांति मिले।"

नैतिक संदेश

सच्चा जीवन वही है जो अपने साथ-साथ दूसरों के जीवन में भी शांति और सहारा दे।

46

कचनार का शांत सौंदर्य

वसंत का मौसम आ चुका था। जंगल में हर ओर हल्की-हल्की हरियाली और नए फूलों की सुगंध फैलने लगी थी। प्रकृत उस दिन भी अपने परिचित रास्ते से जंगल की ओर निकल पड़ा।

चलते-चलते वह एक ऐसे स्थान पर पहुँचा जहाँ एक सुंदर कचनार का पेड़ खड़ा था।

उसकी शाखाओं पर हल्के गुलाबी और सफेद रंग के फूल खिले हुए थे। वे फूल बहुत बड़े नहीं थे, लेकिन उनमें एक अलग ही शांति और आकर्षण था। हवा चलती तो वे फूल धीरे-धीरे हिलते और कुछ पंखुड़ियाँ जमीन पर गिर जातीं।

प्रकृत उस पेड़ को देखकर कुछ देर वहीं ठहर गया।

उसे आश्चर्य हुआ कि इतने सुंदर फूलों वाला यह पेड़ जंगल के इस शांत कोने में अकेला खड़ा है। उसके पास न भीड़ थी, न कोई शोर।

उसी समय वहाँ से दो यात्री गुजर रहे थे। उनमें से एक ने उस पेड़ की ओर इशारा करते हुए कहा—

"देखो, कितना सुंदर पेड़ है... लेकिन लोग इसे शायद ही देखने आते हों।"

दूसरा मुस्कुराकर बोला—

"सच्ची सुंदरता को दिखावे की जरूरत नहीं होती।"

वे दोनों आगे बढ़ गए।

प्रकृत के मन में यह बात गूंजती रही।

समाज में भी कई लोग ऐसे होते हैं जो बहुत गुणी और अच्छे होते हैं, लेकिन वे कभी अपने गुणों का दिखावा नहीं करते। वे चुपचाप अपना काम करते रहते हैं।

कचनार का पेड़ भी शायद यही सिखा रहा था।

वह बिना किसी शोर के, बिना किसी प्रदर्शन के अपने फूलों से जंगल को सुंदर बना रहा था।

हवा धीरे से चली।

कचनार के फूल हिले और उनकी हल्की सरसराहट में जैसे एक मधुर आवाज़ सुनाई दी—

"मनुष्य, सच्ची सुंदरता को शोर की जरूरत नहीं होती।
जो भीतर से सुंदर है, उसकी पहचान स्वयं हो जाती है।"

प्रकृत ने ऊपर देखा।

कचनार के फूल धूप में और भी चमक रहे थे।

उसे लगा जैसे यह पेड़ उसे जीवन का एक सरल लेकिन गहरा रहस्य बता रहा है—वास्तविक गुण हमेशा शांत होते हैं।

कुछ देर बाद प्रकृत मुस्कुराया और अपनी राह पर आगे बढ़ गया।

आज जंगल ने उसे सिखाया था कि सच्ची सुंदरता और अच्छाई को कभी प्रचार की आवश्यकता नहीं होती।

अगर पेड़ बोलते

"मनुष्य, सच्ची सुंदरता शोर नहीं करती,
वह बस अपने अस्तित्व से दुनिया को सुंदर बना देती है।"

नैतिक संदेश

वास्तविक गुण और सुंदरता हमेशा विनम्र और शांत होते हैं; उन्हें दिखावे की आवश्यकता नहीं होती।

47

इमली का धैर्य

एक दोपहर प्रकृत जंगल के उस हिस्से में पहुँचा जहाँ जमीन थोड़ी सूखी थी और पेड़ों की छाया दूर-दूर तक फैली हुई थी। गर्म हवा चल रही थी, लेकिन पेड़ों के बीच वातावरण फिर भी शांत था।

चलते-चलते उसकी नजर एक पुराने इमली के पेड़ पर पड़ी।

उसका तना मोटा और मजबूत था। उसकी शाखाएँ चारों ओर फैली हुई थीं और उनमें अनगिनत पत्तियाँ हवा के साथ हिल रही थीं। कुछ शाखाओं से इमली के लंबे फल भी लटक रहे थे।

पेड़ के नीचे कुछ बच्चे खेल रहे थे।

थोड़ी देर बाद उनमें से एक बच्चा पेड़ की ओर देखकर बोला—

"इमली तो बहुत खट्टी होती है, लेकिन सबको पसंद आती है।"

दूसरा बच्चा हँसते हुए बोला—

"हाँ, पहले खट्टी लगती है, फिर अच्छी लगने लगती है।"

प्रकृत यह सुनकर मुस्कुराया।

उसे लगा कि यह बात केवल इमली के फल की नहीं है, बल्कि जीवन की भी है।

कई अनुभव शुरुआत में कठिन और खट्टे लगते हैं। लेकिन समय के साथ वही अनुभव मनुष्य को समझदार और मजबूत बना देते हैं।

इमली का पेड़ भी शायद यही सिखा रहा था।

वह वर्षों तक धूप, बारिश और आँधियों को सहता है। धीरे-धीरे बढ़ता है और फिर एक दिन ऐसे फल देता है जिन्हें लोग बड़े आनंद से खाते हैं।

हवा थोड़ी तेज़ चली।

इमली की पत्तियाँ एक साथ हिलने लगीं और उनकी सरसराहट में जैसे एक धीमी आवाज़ सुनाई दी—

"मनुष्य, जीवन के खट्टे अनुभवों से मत घबराओ।
उन्हीं से तुम्हारी समझ और मिठास जन्म लेती है।"

प्रकृत ने ऊपर देखा।

इमली की शाखाएँ धूप में हिल रही थीं।

उसे लगा जैसे यह पेड़ उसे जीवन का एक गहरा सत्य बता रहा है—कठिन अनुभव ही मनुष्य को परिपक्व बनाते हैं।

कुछ देर बाद प्रकृत आगे बढ़ गया।

आज जंगल ने उसे सिखाया था कि जीवन के खट्टे अनुभव भी अंततः मनुष्य के लिए एक बड़ी सीख बन जाते हैं।

अगर पेड़ बोलते

"मनुष्य, जीवन की खटास से मत डरना,
क्योंकि वही तुम्हारी समझ को गहरा बनाती है।"

नैतिक संदेश

जीवन के कठिन और खट्टे अनुभव ही मनुष्य को समझदार और मजबूत बनाते हैं।

48

गुलमोहर की अग्नि-ज्योति

गर्मियों की एक उजली सुबह थी। सूरज की किरणें जंगल की पगडंडी पर चमक रही थीं। हवा में हल्की गर्माहट थी, लेकिन पेड़ों की छाया उस गर्मी को सहनीय बना रही थी।

प्रकृत धीरे-धीरे उसी पगडंडी पर चल रहा था।

कुछ दूर जाने पर उसकी नजर एक ऐसे पेड़ पर पड़ी जो दूर से ही आग की तरह चमक रहा था।

वह था गुलमोहर का पेड़।

उसकी शाखाओं पर लाल और नारंगी रंग के अनगिनत फूल खिले हुए थे। दूर से देखने पर ऐसा लग रहा था जैसे पेड़ पर छोटी-छोटी अग्नि-ज्योतियाँ जल रही हों।

प्रकृत उस पेड़ के पास जाकर खड़ा हो गया।

तेज़ धूप के बीच भी गुलमोहर के फूल पूरी चमक के साथ खिले हुए थे। उसकी शाखाएँ हवा के साथ धीरे-धीरे हिल रही थीं।

उसी समय कुछ विद्यार्थी वहाँ से गुजर रहे थे। उनमें से एक ने पेड़ की ओर देखकर कहा—

"गुलमोहर को देखो... कितनी गर्मी में भी यह इतना सुंदर खिलता है।"

दूसरा बोला—

"शायद इसी कारण इसे अग्नि जैसा पेड़ कहते हैं।"

वे लोग आगे बढ़ गए।

प्रकृत के मन में यह बात गहराई से उतर गई।

जीवन में भी कुछ लोग ऐसे होते हैं जो कठिन परिस्थितियों में भी अपनी ऊर्जा और उत्साह को कम नहीं होने देते। वे अपने जोश से वातावरण को उजाला दे देते हैं।

गुलमोहर का पेड़ भी शायद यही सिखा रहा था।

सबसे गर्म मौसम में भी वह अपने सबसे सुंदर फूलों से भर जाता है।

हवा का एक झोंका आया।

गुलमोहर के फूल हिलने लगे और कुछ पंखुड़ियाँ नीचे गिरकर लाल कालीन-सी जमीन पर बिछ गईं।

उसी सरसराहट में जैसे एक आवाज़ सुनाई दी—

"मनुष्य, कठिन समय तुम्हें बुझाने के लिए नहीं आता,
बल्कि तुम्हारी असली ज्योति को जगाने आता है।"

प्रकृत ने ऊपर देखा।

गुलमोहर के फूल सूरज की रोशनी में चमक रहे थे।

उसे लगा जैसे यह पेड़ उसे जीवन का एक गहरा संदेश दे रहा है—जो व्यक्ति कठिन समय में भी उत्साह बनाए रखता है, वही दूसरों के जीवन में उजाला भरता है।

कुछ देर बाद प्रकृत मुस्कुराते हुए वहाँ से आगे बढ़ गया।

आज जंगल ने उसे सिखाया था कि जीवन की असली चमक वही है जो कठिन समय में भी बुझती नहीं।

अगर पेड़ बोलते

"मनुष्य, अपनी ज्योति को इतना प्रबल बनाओ
कि कठिन समय भी उसे बुझा न सके।"

नैतिक संदेश

सच्ची ऊर्जा और उत्साह वही है जो कठिन परिस्थितियों में भी जीवन को प्रकाशमय बनाए रखे।

49

पलाश की ज्वाला

वसंत का समय धीरे-धीरे गर्मियों की ओर बढ़ रहा था। जंगल में कई पेड़ हरे पत्तों से भर चुके थे, लेकिन कुछ पेड़ ऐसे भी थे जो अपने अनोखे रंग से दूर से ही दिखाई दे जाते थे।

उस दिन प्रकृत जंगल के एक नए रास्ते पर निकल पड़ा।

चलते-चलते अचानक उसकी नजर एक ऐसे पेड़ पर पड़ी जो दूर से ही लाल-नारंगी ज्वाला की तरह चमक रहा था।

वह था पलाश का पेड़।

उसकी शाखाओं पर पत्तियाँ बहुत कम थीं, लेकिन उन पर अनगिनत लाल-नारंगी फूल खिले हुए थे। ऐसा लग रहा था जैसे किसी ने पेड़ की हर शाखा पर छोटी-छोटी अग्निशिखाएँ जला दी हों।

प्रकृत उस पेड़ के पास जाकर खड़ा हो गया।

जंगल के शांत वातावरण में वह पेड़ एक अलग ही ऊर्जा फैला रहा था। उसकी चमक आसपास के वातावरण को जीवंत बना रही थी।

उसी समय वहाँ से गुजरते हुए दो ग्रामीण आपस में बात कर रहे थे।

एक ने पलाश के पेड़ को देखते हुए कहा—

"इसे जंगल की आग भी कहते हैं... देखो कितना चमक रहा है।"

दूसरा मुस्कुराकर बोला—

"हाँ, जब जंगल शांत होता है, तब यही पेड़ उसमें रंग भर देता है।"

वे लोग आगे बढ़ गए।

प्रकृत उनके शब्दों के बारे में सोचने लगा।

समाज में भी कई बार जीवन बहुत साधारण और नीरस हो जाता है। लेकिन कुछ लोग ऐसे होते हैं जो अपने उत्साह, साहस और ऊर्जा से उस नीरसता में नया रंग भर देते हैं।

पलाश का पेड़ भी शायद यही सिखा रहा था।

वह जंगल में खड़ा होकर अपनी चमक से सबका ध्यान खींच लेता है, लेकिन उसका उद्देश्य केवल सुंदर दिखना नहीं होता—वह जंगल को जीवंत बना देता है।

हवा धीरे-धीरे चलने लगी।

पलाश के फूल हिलने लगे और उनकी सरसराहट में जैसे एक गहरी आवाज़ सुनाई दी—

"मनुष्य, जीवन को केवल जीओ मत...
उसमें अपना रंग भी भरो।"

प्रकृत ने ऊपर देखा।

पलाश के फूल धूप में और भी चमक रहे थे।

उसे लगा जैसे यह पेड़ उसे जीवन का एक महत्वपूर्ण रहस्य बता रहा है—जीवन में उत्साह और साहस ही वह रंग हैं जो दुनिया को सुंदर बनाते हैं।

कुछ देर बाद प्रकृत मुस्कुराते हुए अपनी राह पर आगे बढ़ गया।

आज जंगल ने उसे सिखाया था कि मनुष्य को केवल जीना ही नहीं चाहिए, बल्कि अपने उत्साह से दुनिया को भी रंगीन बनाना चाहिए।

अगर पेड़ बोलते

"मनुष्य, अपने जीवन को इतना उज्ज्वल बनाओ
कि तुम्हारी ऊर्जा से दूसरों का जीवन भी रंगीन हो जाए।"

नैतिक संदेश

उत्साह और साहस से भरा जीवन न केवल स्वयं को, बल्कि पूरे समाज को भी प्रेरित करता है।

50

शीशम की सच्ची मजबूती

एक सुबह प्रकृत जंगल के उस हिस्से में पहुँचा जहाँ जमीन थोड़ी कठोर थी और पेड़ों के तने बहुत मजबूत दिखाई देते थे। वहाँ की हवा में एक अलग-सी स्थिरता थी।

चलते-चलते उसकी नजर एक शीशम के पेड़ पर पड़ी।

उसका तना सीधा, गहरा भूरा और बहुत मजबूत था। उसकी शाखाएँ संतुलित रूप से चारों ओर फैली हुई थीं। वह पेड़ देखने में बहुत साधारण लग रहा था, लेकिन उसके भीतर एक अजीब-सी मजबूती झलक रही थी।

प्रकृत उसके पास जाकर खड़ा हो गया।

उसने देखा कि उस पेड़ की लकड़ी बहुत कठोर होती है। गाँवों में लोग उससे मजबूत दरवाजे, खिड़कियाँ और फर्नीचर बनाते हैं।

उसी समय दो बढ़ई वहाँ से गुजर रहे थे।

एक ने पेड़ की ओर देखते हुए कहा—

"शीशम की लकड़ी सबसे मजबूत होती है। एक बार बन जाए तो वर्षों तक टिकती है।"

दूसरा बोला—

"हाँ, इसकी असली कीमत इसकी मजबूती में है, दिखावे में नहीं।"

वे दोनों आगे बढ़ गए।

प्रकृत उनके शब्दों के बारे में सोचने लगा।

समाज में भी कुछ लोग ऐसे होते हैं जो बहुत दिखावा नहीं करते। वे शांत रहते हैं, साधारण दिखाई देते हैं, लेकिन जब जिम्मेदारी निभाने की बात आती है तो वही सबसे मजबूत साबित होते हैं।

शीशम का पेड़ भी शायद यही सिखा रहा था।

वह बाहर से साधारण है, लेकिन भीतर से अत्यंत मजबूत।

हवा का एक झोंका आया।

शीशम की पत्तियाँ धीरे-धीरे हिलने लगीं और उनकी सरसराहट में जैसे एक शांत आवाज़ उभरी—

“मनुष्य, सच्ची ताकत शोर नहीं करती।
वह शांत रहकर भी दुनिया को सहारा देती है।”

प्रकृत ने ऊपर देखा।

शीशम का पेड़ स्थिर खड़ा था, जैसे वर्षों से वह उसी स्थान पर खड़ा होकर दुनिया को सहारा दे रहा हो।

उसे लगा जैसे यह पेड़ जीवन का एक गहरा सत्य बता रहा है—सच्ची मजबूती दिखावे में नहीं, बल्कि चरित्र में होती है।

कुछ देर बाद प्रकृत मुस्कुराते हुए आगे बढ़ गया।

आज जंगल ने उसे सिखाया था कि जो व्यक्ति भीतर से मजबूत होता है, वही जीवन में सबसे अधिक भरोसेमंद बनता है।

अगर पेड़ बोलते

“मनुष्य, मजबूत बनने के लिए ऊँचा दिखना जरूरी नहीं,
अंदर से सच्चा और स्थिर होना जरूरी है।”

नैतिक संदेश

सच्ची ताकत और सम्मान बाहरी दिखावे से नहीं, बल्कि चरित्र और स्थिरता से प्राप्त होते हैं।

51

कदंब की मधुर स्मृति

सावन का महीना था। आसमान में बादल छाए हुए थे और जंगल की मिट्टी से भीनी-भीनी खुशबू उठ रही थी। हल्की-हल्की हवा पेड़ों की पत्तियों को हिला रही थी।

प्रकृत उस दिन जंगल के उस हिस्से में पहुँचा जहाँ पेड़ अधिक घने थे और वातावरण में एक अद्भुत शांति थी।

चलते-चलते उसकी नजर एक सुंदर कदंब के पेड़ पर पड़ी।

उसकी शाखाओं पर गोल-गोल पीले फूल खिले हुए थे। वे फूल छोटे-छोटे सूरज की तरह दिखाई दे रहे थे। बारिश की हल्की बूँदें उन फूलों पर गिरकर उन्हें और भी चमकदार बना रही थीं।

प्रकृत उस पेड़ के नीचे खड़ा हो गया।

उसने सुना था कि कदंब का पेड़ बहुत प्राचीन और पवित्र माना जाता है। कई पुरानी कथाओं में इसका उल्लेख मिलता है। लोग कहते हैं कि इसकी छाया में बैठकर मन को एक अजीब-सी शांति मिलती है।

उसी समय पास के रास्ते से एक वृद्ध व्यक्ति गुजर रहा था।

वह पेड़ को देखकर रुक गया और बोला—

"कदंब का पेड़ केवल पेड़ नहीं होता... यह यादों का घर होता है।"

प्रकृत ने उत्सुक होकर उसकी ओर देखा।

वृद्ध मुस्कुराया और बोला—

"जब मैं छोटा था, तब गाँव में एक बड़ा कदंब का पेड़ था। हम सब बच्चे उसकी छाया में खेलते थे। आज भी उसे याद करता हूँ तो मन खुश हो जाता है।"

इतना कहकर वह आगे बढ़ गया।

प्रकृत उस बात के बारे में सोचने लगा।

जीवन में कुछ स्थान और कुछ लोग ऐसे होते हैं जो हमारी यादों का हिस्सा बन जाते हैं। समय बीत जाता है, लेकिन उनकी स्मृतियाँ हमारे मन में जीवित रहती हैं।

कदंब का पेड़ भी शायद यही सिखा रहा था।

वह केवल छाया ही नहीं देता, बल्कि लोगों के जीवन में मधुर यादें भी छोड़ जाता है।

हवा धीरे-धीरे चली।

कदंब के फूल हल्के-हल्के हिलने लगे और उनकी सरसराहट में जैसे एक मधुर आवाज़ सुनाई दी—

“मनुष्य, ऐसा जीवन जियो
कि तुम्हारी स्मृतियाँ भी लोगों के मन में सुख बनकर रहें।”

प्रकृत ने ऊपर देखा।

कदंब के फूल बारिश की बूँदों से चमक रहे थे।

उसे लगा जैसे यह पेड़ उसे जीवन का एक सुंदर रहस्य बता रहा है—मनुष्य का सबसे बड़ा धन उसकी अच्छी स्मृतियाँ होती हैं।

कुछ देर बाद प्रकृत मुस्कुराते हुए अपनी राह पर आगे बढ़ गया।

आज जंगल ने उसे सिखाया था कि जीवन का सच्चा मूल्य उन यादों में होता है जो दूसरों के मन में खुशी बनकर बस जाती हैं।

अगर पेड़ बोलते

“मनुष्य, ऐसा जीवन जियो
कि तुम्हारी यादें लोगों के मन में सुख बनकर खिलें।”

नैतिक संदेश

सच्चा जीवन वही है जो दूसरों के मन में मधुर स्मृतियाँ छोड़ जाए।

52

जामुन का शांत दान

बरसात का मौसम धीरे-धीरे अपने पूरे रंग में आ चुका था। जंगल की मिट्टी नम थी और हरियाली पहले से कहीं अधिक गहरी दिखाई दे रही थी। पत्तियों पर ठहरी पानी की बूंदें सूरज की हल्की किरणों में चमक रही थीं।

उस दिन प्रकृत जंगल की उसी पगडंडी पर चल रहा था जहाँ कई तरह के पेड़ खड़े थे। चलते-चलते उसकी नजर एक घने जामुन के पेड़ पर पड़ी।

उसका तना मजबूत था और शाखाएँ चारों ओर फैली हुई थीं। उसकी घनी पत्तियों के बीच गहरे बैंगनी रंग के जामुन लटके हुए थे।

प्रकृत उस पेड़ के पास जाकर रुक गया।

नीचे जमीन पर कई जामुन गिरे हुए थे। कुछ बच्चे वहाँ उन्हें उठाकर खा रहे थे और हँस रहे थे। पास ही कुछ पक्षी भी जामुन चुग रहे थे।

प्रकृत ने देखा कि पेड़ किसी से कुछ नहीं मांग रहा था, लेकिन फिर भी सबको कुछ न कुछ दे रहा था।

उसी समय एक किसान वहाँ से गुजरते हुए बच्चों से बोला—

"जामुन का पेड़ बहुत उदार होता है। यह हर साल बिना किसी अपेक्षा के फल देता है।"

बच्चे मुस्कुराते हुए जामुन खाते रहे।

प्रकृत उस बात को सुनकर सोचने लगा।

समाज में भी कुछ लोग ऐसे होते हैं जो बिना किसी स्वार्थ के दूसरों की मदद करते हैं। वे बदले में कुछ पाने की उम्मीद नहीं रखते, लेकिन उनके कारण कई लोगों का जीवन मीठा हो जाता है।

जामुन का पेड़ भी शायद यही सिखा रहा था।

वह चुपचाप खड़ा रहता है, लेकिन हर साल अपने फलों से कई लोगों और जीवों को आनंद देता है।

हवा का एक हल्का झोंका आया।

जामुन की शाखाएँ हिलने लगीं और कुछ जामुन नीचे गिर पड़े।

उस सरसराहट में जैसे एक गहरी आवाज़ सुनाई दी—

"मनुष्य, देने का आनंद सबसे बड़ा होता है।
जो बाँटता है, वही सच में समृद्ध होता है।"

प्रकृत ने ऊपर देखा।

जामुन का पेड़ शांत खड़ा था, लेकिन उसके फल अनेक जीवों के जीवन में मिठास भर रहे थे।

उसे लगा जैसे यह पेड़ उसे जीवन का एक सुंदर संदेश दे रहा है—सच्ची समृद्धि वही है जो दूसरों के साथ बाँटी जाए।

कुछ देर बाद प्रकृत मुस्कुराते हुए आगे बढ़ गया।

आज जंगल ने उसे सिखाया था कि जीवन का असली सुख लेने में नहीं, बल्कि बाँटने में होता है।

अगर पेड़ बोलते

"मनुष्य, जो फल अपने तक ही रखे जाते हैं
वे जल्दी खत्म हो जाते हैं,
पर जो बाँटे जाते हैं
वे जीवन भर मिठास देते हैं।"

नैतिक संदेश

निस्वार्थ भाव से दूसरों के साथ बाँटना ही सच्ची समृद्धि और खुशी का मार्ग है।

53

सेमल का मौन साहस

बसंत का समय था। जंगल में नई हरियाली दिखाई देने लगी थी। हवा में हल्की गर्माहट थी और पक्षियों की चहचहाहट पूरे वातावरण को जीवंत बना रही थी।

उस दिन प्रकृत जंगल के एक ऐसे रास्ते पर निकल पड़ा जहाँ वह पहले कभी नहीं गया था। रास्ता थोड़ा सुनसान था, लेकिन चारों ओर प्रकृति की शांति फैली हुई थी।

चलते-चलते अचानक उसकी नजर एक बहुत ऊँचे सेमल के पेड़ पर पड़ी।

वह पेड़ बाकी पेड़ों से अलग दिखाई दे रहा था।

उसकी ऊँची शाखाओं पर गहरे लाल फूल खिले हुए थे। दूर से देखने पर ऐसा लग रहा था जैसे किसी ने आकाश की ओर लाल दीप जला दिए हों।

लेकिन प्रकृत ने एक और बात देखी—उस पेड़ पर पत्तियाँ बहुत कम थीं।

वह पेड़ अपने फूलों के साथ बिल्कुल अकेला खड़ा था।

प्रकृत उसके पास जाकर खड़ा हो गया।

उसी समय वहाँ से एक लकड़हारा गुजर रहा था। उसने पेड़ की ओर देखकर कहा—

“सेमल का पेड़ बड़ा साहसी होता है। जब बाकी पेड़ पत्तों से भरे रहते हैं, तब यह अपने फूलों के साथ अकेला खड़ा रहता है।”

उसका साथी बोला—

“शायद इसलिए यह दूर से ही दिखाई देता है।”

दोनों आगे बढ़ गए।

प्रकृत उन शब्दों के बारे में सोचने लगा।

जीवन में भी कई बार ऐसा समय आता है जब मनुष्य को अकेले ही अपने रास्ते पर चलना पड़ता है। सब लोग साथ नहीं देते।

लेकिन जो लोग अपने साहस पर विश्वास करते हैं, वे अकेले होने पर भी चमकते रहते हैं।

सेमल का पेड़ भी शायद यही सिखा रहा था।

वह भीड़ का हिस्सा बनने की कोशिश नहीं करता, बल्कि अपने साहस से अलग दिखाई देता है।

हवा धीरे-धीरे चली।

सेमल के फूल हल्के-हल्के हिलने लगे और उस सरसराहट में जैसे एक आवाज़ उभरी—

"मनुष्य, यदि तुम्हारा मार्ग सही है,
तो अकेले चलने से मत डरो।"

प्रकृत ने ऊपर देखा।

लाल फूलों से भरा सेमल का पेड़ आसमान की ओर खड़ा था।

उसे लगा जैसे यह पेड़ जीवन का एक गहरा संदेश दे रहा है—साहस वही है जो अकेले होने पर भी अपना प्रकाश बनाए रखे।

कुछ देर बाद प्रकृत मुस्कुराते हुए आगे बढ़ गया।

आज जंगल ने उसे सिखाया था कि सच्चे साहस के लिए भीड़ की नहीं, बल्कि विश्वास की जरूरत होती है।

अगर पेड़ बोलते

"मनुष्य, भीड़ के सहारे मत चमको,
अपने साहस से जगमगाओ।"

नैतिक संदेश

सच्चा साहस वही है जो अकेले होने पर भी सही मार्ग पर चलने की शक्ति दे।

54

बेल की सरल पवित्रता

एक दिन सुबह-सुबह प्रकृत जंगल की ओर निकल पड़ा। रात की ओस अभी भी पत्तों पर चमक रही थी और हवा में एक हल्की ठंडक थी। जंगल का वातावरण बहुत शांत और पवित्र लग रहा था।

चलते-चलते प्रकृत एक ऐसे स्थान पर पहुँचा जहाँ कुछ छोटे और मध्यम आकार के पेड़ खड़े थे। उन्हीं के बीच एक बेल का पेड़ भी था।

उसकी शाखाएँ बहुत फैली हुई नहीं थीं, लेकिन उसकी पत्तियाँ हरी और ताजी दिखाई दे रही थीं। कुछ शाखाओं पर बेल के गोल-गोल फल भी लगे हुए थे।

प्रकृत उसके पास जाकर खड़ा हो गया।

उसी समय वहाँ से एक साधु धीरे-धीरे गुजर रहे थे। उन्होंने बेल के पेड़ को देखकर उसके पत्ते बड़े आदर से तोड़े और अपने थैले में रख लिए।

उनके साथ चल रहा युवक बोला—

"गुरुदेव, आप इन पत्तों को इतने सम्मान से क्यों ले रहे हैं?"

साधु मुस्कुराए और बोले—

"बेल के पत्ते भगवान शिव को अर्पित किए जाते हैं। यह पेड़ केवल फल ही नहीं देता, बल्कि भक्ति का प्रतीक भी है।"

दोनों आगे बढ़ गए।

प्रकृत उन शब्दों के बारे में सोचने लगा।

कई बार जीवन में सरल और साधारण दिखने वाली चीजें ही सबसे अधिक पवित्र और मूल्यवान होती हैं।

बेल का पेड़ भी शायद यही सिखा रहा था।

वह दिखने में साधारण है, लेकिन उसका महत्व बहुत गहरा है।

हवा का एक हल्का झोंका आया।

बेल की पत्तियाँ धीरे-धीरे हिलने लगीं और उनकी सरसराहट में जैसे एक शांत आवाज़ उभरी—

"मनुष्य, महान बनने के लिए दिखावा आवश्यक नहीं।
सच्ची पवित्रता सरलता में ही छिपी होती है।"

प्रकृत ने ऊपर देखा।

बेल का पेड़ शांत खड़ा था।

उसे लगा जैसे यह पेड़ जीवन का एक महत्वपूर्ण संदेश दे रहा है—सादगी ही मनुष्य की सबसे बड़ी सुंदरता है।

कुछ देर बाद प्रकृत मुस्कुराते हुए आगे बढ़ गया।

आज जंगल ने उसे सिखाया था कि जो जीवन सरल और पवित्र होता है, वही सबसे अधिक मूल्यवान बन जाता है।

अगर पेड़ बोलते

"मनुष्य, सादगी को कमजोरी मत समझो,
यही तुम्हारी सबसे बड़ी शक्ति है।"

नैतिक संदेश

सरलता और पवित्रता से भरा जीवन ही सच्चे सम्मान और शांति को जन्म देता है।

55

अशोक का शांत संदेश

एक दिन दोपहर का समय था। सूरज की रोशनी पेड़ों की पत्तियों से छनकर जमीन पर पड़ रही थी। जंगल में हल्की हवा चल रही थी और वातावरण शांत था।

प्रकृत उस दिन जंगल के एक नए मार्ग पर चल रहा था। कुछ दूर चलने के बाद उसकी नजर एक ऐसे पेड़ पर पड़ी जिसकी पत्तियाँ लंबी और चमकदार थीं।

वह था अशोक का पेड़।

उसकी शाखाओं पर छोटे-छोटे नारंगी और लाल रंग के फूल खिले हुए थे। पेड़ बहुत घना नहीं था, लेकिन उसकी सुंदरता दूर से ही ध्यान खींच रही थी।

प्रकृत उसके पास जाकर खड़ा हो गया।

उसी समय वहाँ से एक वृद्ध व्यक्ति और उनका पोता गुजर रहे थे। पोते ने पेड़ को देखकर पूछा—

“दादाजी, इस पेड़ का नाम क्या है?”

वृद्ध मुस्कुराए और बोले—

“इसे अशोक का पेड़ कहते हैं। ‘अशोक’ का अर्थ होता है—जहाँ शोक न हो, यानी दुख दूर हो जाए।”

लड़का आश्चर्य से बोला—

“तो क्या यह पेड़ सच में दुख दूर कर देता है?”

वृद्ध ने प्यार से उसके सिर पर हाथ फेरते हुए कहा—

“पेड़ सीधे दुख दूर नहीं करते, लेकिन उनकी शांति और सुंदरता मन को हल्का जरूर कर देती है।”

दोनों धीरे-धीरे आगे बढ़ गए।

प्रकृत उनके शब्दों के बारे में सोचने लगा।

जीवन में कई बार मन दुख और चिंता से भर जाता है। लेकिन अगर मनुष्य थोड़ी देर प्रकृति के पास बैठ जाए, तो उसका मन हल्का होने लगता है।

अशोक का पेड़ भी शायद यही सिखा रहा था।

उसकी शांत छाया और सुंदर फूल मानो यह बता रहे थे कि दुख स्थायी नहीं होता।

हवा का एक हल्का झोंका आया।

अशोक की पत्तियाँ धीरे-धीरे हिलने लगीं और उस सरसराहट में जैसे एक कोमल आवाज़ सुनाई दी—

"मनुष्य, दुख जीवन का अंत नहीं है।
हर शोक के बाद आशा का एक नया फूल खिलता है।"

प्रकृत ने ऊपर देखा।

अशोक के फूल हवा में हल्के-हल्के झूम रहे थे।

उसे लगा जैसे यह पेड़ जीवन का एक गहरा रहस्य बता रहा है—दुख के बाद ही आशा की सबसे सुंदर शुरुआत होती है।

कुछ देर बाद प्रकृत मुस्कुराते हुए अपनी राह पर आगे बढ़ गया।

आज जंगल ने उसे सिखाया था कि मनुष्य को कभी भी आशा नहीं छोड़नी चाहिए।

अगर पेड़ बोलते

"मनुष्य, अपने मन को आशा से भरकर रखो,
क्योंकि हर दुख के बाद सुख का नया सवेरा आता है।"

नैतिक संदेश

जीवन में दुख और कठिनाई आती हैं, लेकिन आशा और धैर्य से ही मनुष्य आगे बढ़ सकता है।

56

खजूर का धैर्य

एक दिन दोपहर का समय था। सूरज की तेज़ किरणें जंगल के खुले हिस्से पर पड़ रही थीं। उस इलाके में पेड़ बहुत घने नहीं थे और जमीन भी थोड़ी सूखी दिखाई दे रही थी।

प्रकृत धीरे-धीरे उस रास्ते पर चल रहा था।

चलते-चलते उसकी नजर एक ऐसे पेड़ पर पड़ी जो बाकी पेड़ों से कुछ अलग दिखाई दे रहा था।

वह था खजूर का पेड़।

उसका तना लंबा और सीधा था और ऊपर उसकी पत्तियाँ फैलकर एक छतरी की तरह दिखाई दे रही थीं। उसकी शाखाओं पर खजूर के छोटे-छोटे फल लटक रहे थे।

प्रकृत उस पेड़ के पास जाकर खड़ा हो गया।

चारों ओर सूखी जमीन थी, तेज धूप थी, लेकिन फिर भी वह पेड़ मजबूती से खड़ा था और फल दे रहा था।

उसी समय वहाँ से दो यात्री गुजर रहे थे। उनमें से एक ने पेड़ को देखकर कहा—

“देखो, इतनी सूखी जगह में भी खजूर का पेड़ फल देता है।”

दूसरा बोला—

“हाँ, शायद इसलिए लोग कहते हैं कि खजूर कठिन परिस्थितियों में भी जीवन देना जानता है।”

दोनों आगे बढ़ गए।

प्रकृत उनके शब्दों के बारे में सोचने लगा।

जीवन में भी कई बार परिस्थितियाँ अनुकूल नहीं होतीं। कई बार साधन कम होते हैं और रास्ता कठिन होता है।

लेकिन कुछ लोग ऐसे होते हैं जो कठिन परिस्थितियों में भी हार नहीं मानते।

खजूर का पेड़ भी शायद यही सिखा रहा था।

वह सूखी जमीन में भी अपनी जड़ों को गहराई तक फैलाता है और फिर मीठे फल देता है।

हवा का एक हल्का झोंका आया।

खजूर की पत्तियाँ हिलने लगीं और उस सरसराहट में जैसे एक शांत आवाज़ सुनाई दी—

“मनुष्य, परिस्थितियों को दोष मत दो।
अगर तुम्हारी जड़ें मजबूत हैं, तो तुम हर जगह फल दे सकते हो।”

प्रकृत ने ऊपर देखा।

खजूर के फल हवा में हल्के-हल्के झूल रहे थे।

उसे लगा जैसे यह पेड़ जीवन का एक गहरा रहस्य बता रहा है—सच्ची शक्ति परिस्थितियों में नहीं, बल्कि मनुष्य के धैर्य और परिश्रम में होती है।

कुछ देर बाद प्रकृत मुस्कुराते हुए आगे बढ़ गया।

आज जंगल ने उसे सिखाया था कि कठिन परिस्थितियाँ भी मनुष्य की क्षमता को रोक नहीं सकतीं।

अगर पेड़ बोलते

“मनुष्य, कठिन जमीन से मत डरना,
वहीं से सबसे मीठे फल जन्म लेते हैं।”

नैतिक संदेश

कठिन परिस्थितियों में धैर्य और परिश्रम करने वाला व्यक्ति ही जीवन में सच्ची सफलता प्राप्त करता है।

57

सुपारी का सीधा स्वभाव

एक दिन सुबह का समय था। रात की हल्की बारिश के कारण जंगल की मिट्टी से भीनी-भीनी खुशबू उठ रही थी। पेड़ों की पत्तियों पर अभी भी ओस की बूंदें चमक रही थीं।

प्रकृत उस दिन जंगल के उस हिस्से की ओर निकल पड़ा जहाँ कई ऊँचे और पतले पेड़ खड़े थे।

चलते-चलते उसकी नजर एक सुपारी के पेड़ पर पड़ी।

सुपारी का पेड़ बहुत सीधा और लंबा था। उसका तना पतला था, लेकिन वह मजबूती से खड़ा था। ऊपर उसकी पत्तियाँ हवा में धीरे-धीरे हिल रही थीं।

प्रकृत उसके पास जाकर खड़ा हो गया।

उसने देखा कि सुपारी का पेड़ बहुत अधिक फैला हुआ नहीं था। वह बस सीधा ऊपर बढ़ रहा था, जैसे उसका लक्ष्य स्पष्ट हो।

उसी समय वहाँ से दो किसान गुजर रहे थे।

एक किसान ने पेड़ की ओर देखकर कहा—

"सुपारी का पेड़ देखो, कितना सीधा बढ़ता है।"

दूसरा मुस्कुराकर बोला—

"हाँ, शायद इसलिए लोग कहते हैं कि इसका स्वभाव भी सीधा और सादा है।"

दोनों आगे बढ़ गए।

प्रकृत उनके शब्दों के बारे में सोचने लगा।

आज के समय में कई लोग जीवन में अनावश्यक जटिलता और दिखावे में उलझ जाते हैं। वे अपने रास्ते को कठिन बना लेते हैं।

लेकिन प्रकृति हमें सरलता का मार्ग दिखाती है।

सुपारी का पेड़ बिना किसी उलझन के बस सीधे ऊपर बढ़ता रहता है।

हवा का हल्का झोंका आया।

सुपारी की पत्तियाँ हिलने लगीं और उस सरसराहट में जैसे एक शांत आवाज़ सुनाई दी—

"मनुष्य, अपने जीवन को अनावश्यक जटिल मत बनाओ। सीधे और सच्चे रास्ते पर चलोगे, तो मंज़िल अपने आप पास आ जाएगी।"

प्रकृत ने ऊपर देखा।

सुपारी का पेड़ आसमान की ओर शांत भाव से खड़ा था।

उसे लगा जैसे यह पेड़ जीवन का एक गहरा रहस्य बता रहा है—सरलता और ईमानदारी ही मनुष्य को सच्ची ऊँचाई तक पहुँचाती है।

कुछ देर बाद प्रकृत मुस्कुराते हुए आगे बढ़ गया।

आज जंगल ने उसे सिखाया था कि जीवन को सरल और सच्चा रखना ही सबसे बड़ी बुद्धिमानी है।

अगर पेड़ बोलते

"मनुष्य, सीधा रास्ता कठिन नहीं होता,
बस उस पर चलने का साहस चाहिए।"

नैतिक संदेश

सरलता, ईमानदारी और स्पष्ट उद्देश्य वाला जीवन ही मनुष्य को सच्ची सफलता और सम्मान दिलाता है।

58

करंज का निस्वार्थ संरक्षण

एक दिन दोपहर का समय था। सूरज की रोशनी जंगल की पगडंडी पर बिखरी हुई थी। हल्की हवा चल रही थी और दूर से पक्षियों की आवाज़ें सुनाई दे रही थीं।

प्रकृत उस दिन जंगल के उस हिस्से में पहुँच गया जहाँ कुछ पुराने और फैले हुए पेड़ खड़े थे।

चलते-चलते उसकी नजर एक करंज के पेड़ पर पड़ी।

करंज का पेड़ बहुत विशाल नहीं था, लेकिन उसकी शाखाएँ चारों ओर फैली हुई थीं। उसकी घनी पत्तियाँ नीचे खड़े लोगों को अच्छी छाया दे रही थीं।

प्रकृत उस पेड़ के नीचे आकर खड़ा हो गया।

उसने देखा कि उस पेड़ की छाया में कई छोटे पौधे भी उग रहे थे। कुछ पक्षी उसकी शाखाओं पर बैठे थे और पास ही दो चरवाहे अपने मवेशियों को लेकर थोड़ी देर आराम कर रहे थे।

उनमें से एक चरवाहा बोला—

"यह करंज का पेड़ बड़ा काम का होता है। इसकी छाया भी अच्छी होती है और इसके बीज भी बहुत उपयोगी होते हैं।"

दूसरा बोला—

"हाँ, यह पेड़ अपने लिए नहीं, बल्कि दूसरों के लिए ज्यादा काम आता है।"

दोनों मुस्कुराते हुए आगे बढ़ गए।

प्रकृत उनके शब्दों के बारे में सोचने लगा।

प्रकृति में कई चीजें ऐसी हैं जो बिना किसी अपेक्षा के दूसरों का भला करती रहती हैं।

करंज का पेड़ भी शायद ऐसा ही था।

वह अपनी छाया देता है, पक्षियों को घर देता है, और अपने बीजों से भी कई उपयोग देता है—लेकिन बदले में कुछ नहीं माँगता।

उसी समय हवा का एक हल्का झोंका आया।

करंज की पत्तियाँ हिलने लगीं और उस सरसराहट में जैसे एक धीमी आवाज़ सुनाई दी—

"मनुष्य, जीवन का सबसे बड़ा सुख दूसरों के काम आने में है।
जो केवल अपने लिए जीता है, उसका जीवन छोटा रह जाता है।"

प्रकृत ने ऊपर देखा।

करंज की शाखाएँ हवा में धीरे-धीरे हिल रही थीं।

उसे लगा जैसे यह पेड़ जीवन का एक गहरा रहस्य बता रहा है—निस्वार्थ सेवा ही मनुष्य को सच्चा महान बनाती है।

कुछ देर बाद प्रकृत शांत मन से वहाँ से आगे बढ़ गया।

आज जंगल ने उसे सिखाया था कि जो व्यक्ति बिना स्वार्थ के दूसरों के लिए जीता है, वही जीवन का असली अर्थ समझ पाता है।

अगर पेड़ बोलते

"मनुष्य, अपने जीवन को केवल अपने तक सीमित मत रखो,
दूसरों के लिए भी कुछ करो।"

नैतिक संदेश

निस्वार्थ सेवा और दूसरों की सहायता करना ही सच्चे और महान जीवन की पहचान है।

59

चिरौंजी का छिपा हुआ मूल्य

एक दिन सुबह का समय था। सूरज की हल्की किरणें जंगल की पत्तियों के बीच से छनकर जमीन पर गिर रही थीं। वातावरण शांत था और हवा में हल्की ठंडक थी।

प्रकृत उस दिन जंगल के एक ऐसे हिस्से में पहुँचा जहाँ बहुत पुराने पेड़ खड़े थे।

चलते-चलते उसकी नजर एक साधारण से दिखाई देने वाले पेड़ पर पड़ी।

वह था चिरौंजी का पेड़।

पहली नजर में वह पेड़ बहुत साधारण लगता था। उसकी पत्तियाँ भी सामान्य थीं और वह अन्य बड़े पेड़ों की तरह बहुत आकर्षक नहीं दिख रहा था।

प्रकृत उसके पास जाकर खड़ा हो गया।

उसी समय वहाँ से दो ग्रामीण गुजर रहे थे।

एक ने पेड़ की ओर देखकर कहा—

"यह चिरौंजी का पेड़ है। इसके फल छोटे होते हैं, लेकिन इसके बीज बहुत कीमती होते हैं।"

दूसरा बोला—

"हाँ, कई लोग तो इसके महत्व को जानते ही नहीं, लेकिन जब इसके बीज मिलते हैं तब समझ आता है कि यह कितना मूल्यवान है।"

दोनों आगे बढ़ गए।

प्रकृत उनके शब्दों के बारे में सोचने लगा।

समाज में भी कई लोग ऐसे होते हैं जो बाहर से बहुत साधारण दिखाई देते हैं। वे ज्यादा दिखावा नहीं करते और शांत जीवन जीते हैं।

लेकिन उनके भीतर ज्ञान, अनुभव और अच्छाई का बहुत बड़ा खजाना छिपा होता है।

चिरौंजी का पेड़ भी शायद यही सिखा रहा था।

उसकी सादगी के पीछे एक बड़ा मूल्य छिपा हुआ था।

हवा का एक हल्का झोंका आया।

चिरौंजी की पत्तियाँ धीरे-धीरे हिलने लगीं और उस सरसराहट में जैसे एक शांत आवाज़ सुनाई दी—

"मनुष्य, किसी का मूल्य केवल उसके बाहरी रूप से मत आँको।
असली मूल्य अक्सर भीतर छिपा होता है।"

प्रकृत ने ऊपर देखा।

चिरौंजी का पेड़ शांत भाव से खड़ा था।

उसे लगा जैसे यह पेड़ जीवन का एक गहरा रहस्य बता रहा है—सादगी के भीतर ही कई बार सबसे बड़ी महानता छिपी होती है।

कुछ देर बाद प्रकृत मुस्कुराते हुए आगे बढ़ गया।

आज जंगल ने उसे सिखाया था कि किसी भी व्यक्ति या वस्तु का मूल्य उसके बाहरी रूप से नहीं, बल्कि उसके गुणों से समझना चाहिए।

अगर पेड़ बोलते

"मनुष्य, बाहरी चमक से मत बहको,
असली खजाना अक्सर भीतर छिपा होता है।"

नैतिक संदेश

किसी भी व्यक्ति का मूल्य उसके बाहरी रूप से नहीं, बल्कि उसके भीतर के गुणों और कर्मों से समझना चाहिए।

60

आंवले का कड़वा-मीठा सत्य

एक दिन सुबह का समय था। जंगल में हल्की धूप फैल रही थी और पक्षियों की मधुर आवाज़ें वातावरण को जीवंत बना रही थीं। रात की ओस अभी भी पत्तियों पर चमक रही थी।

प्रकृत धीरे-धीरे जंगल की पगडंडी पर आगे बढ़ रहा था।

चलते-चलते उसकी नजर एक मध्यम आकार के पेड़ पर पड़ी।

वह था आंवले का पेड़।

उसकी शाखाओं पर छोटे-छोटे हरे फल लगे हुए थे। देखने में वे बहुत साधारण लग रहे थे।

प्रकृत उसके पास जाकर खड़ा हो गया।

उसी समय वहाँ से दो ग्रामीण गुजर रहे थे। उनमें से एक ने पेड़ की ओर देखते हुए कहा—

"यह आंवले का पेड़ है। इसका फल पहले बहुत खट्टा लगता है।"

दूसरा मुस्कुराकर बोला—

"हाँ, लेकिन वही आंवला शरीर के लिए बहुत लाभकारी भी होता है। शुरुआत में खट्टा लगता है, पर अंत में मिठास छोड़ जाता है।"

दोनों अपनी राह पर आगे बढ़ गए।

प्रकृत उनके शब्दों के बारे में सोचने लगा।

जीवन में भी कई अनुभव ऐसे होते हैं जो शुरुआत में कठिन या कड़वे लगते हैं—जैसे मेहनत, अनुशासन और संघर्ष।

लेकिन वही अनुभव आगे चलकर मनुष्य के जीवन को मजबूत और सफल बनाते हैं।

आंवले का पेड़ भी शायद यही सिखा रहा था।

उसका फल स्वाद में खट्टा होता है, लेकिन उसके भीतर स्वास्थ्य और शक्ति छिपी होती है।

हवा का एक हल्का झोंका आया।

आंवले की पत्तियाँ धीरे-धीरे हिलने लगीं और उस सरसराहट में जैसे एक शांत आवाज़ सुनाई दी—

"मनुष्य, हर कड़वी चीज़ बुरी नहीं होती।
कभी-कभी वही अनुभव तुम्हें सबसे मजबूत बनाते हैं।"

प्रकृत ने ऊपर देखा।

आंवले के छोटे-छोटे फल हवा में हिल रहे थे।

उसे लगा जैसे यह पेड़ जीवन का एक गहरा रहस्य बता रहा है—जो अनुभव शुरुआत में कठिन लगते हैं, वही जीवन को सच्ची शक्ति देते हैं।

कुछ देर बाद प्रकृत मुस्कुराते हुए आगे बढ़ गया।

आज जंगल ने उसे सिखाया था कि जीवन की कठिनाइयाँ भी मनुष्य को बेहतर बनाने के लिए आती हैं।

अगर पेड़ बोलते

"मनुष्य, हर खट्टे अनुभव से मत घबराओ,
कई बार वही तुम्हारे जीवन में मिठास लाते हैं।"

नैतिक संदेश

जीवन की कठिनाइयाँ और कड़वे अनुभव ही मनुष्य को मजबूत, अनुभवी और सफल बनाते हैं।

61

अंजीर का शांत रहस्य

एक दिन सुबह का समय था। सूरज की हल्की किरणें जंगल के पेड़ों के बीच से छनकर जमीन पर गिर रही थीं। हवा में ताजगी थी और दूर से पक्षियों की मधुर आवाज़ें सुनाई दे रही थीं।

प्रकृत उस दिन जंगल के एक नए रास्ते पर निकल पड़ा।

चलते-चलते उसकी नजर एक ऐसे पेड़ पर पड़ी जिसकी पत्तियाँ चौड़ी और घनी थीं।

वह था अंजीर का पेड़।

उसकी शाखाओं पर छोटे-छोटे गोल फल लगे हुए थे। वे बाहर से साधारण दिखाई दे रहे थे, लेकिन उनके भीतर अनगिनत छोटे-छोटे बीज छिपे हुए थे।

प्रकृत उस पेड़ के पास जाकर खड़ा हो गया।

उसी समय वहाँ से दो ग्रामीण गुजर रहे थे।

एक ने पेड़ की ओर देखकर कहा—

"यह अंजीर का पेड़ है। इसका फल बाहर से छोटा लगता है, लेकिन उसके अंदर बहुत कुछ छिपा होता है।"

दूसरा मुस्कुराकर बोला—

"हाँ, इसलिए लोग कहते हैं कि हर चीज़ का असली रहस्य भीतर ही होता है।"

दोनों आगे बढ़ गए।

प्रकृत उनके शब्दों के बारे में सोचने लगा।

कई बार जीवन में भी ऐसा होता है कि जो चीज़ें बाहर से साधारण दिखाई देती हैं, उनके भीतर गहरा ज्ञान और अनुभव छिपा होता है।

अंजीर का पेड़ भी शायद यही सिखा रहा था।

उसका फल बाहर से छोटा और शांत दिखाई देता है, लेकिन उसके भीतर अनेक बीज जीवन की संभावना लेकर छिपे रहते हैं।

हवा का एक हल्का झोंका आया।

अंजीर की पत्तियाँ धीरे-धीरे हिलने लगीं और उस सरसराहट में जैसे एक गहरी आवाज़ सुनाई दी—

"मनुष्य, हर चीज़ को केवल बाहर से मत देखो।
असली रहस्य हमेशा भीतर छिपा होता है।"

प्रकृत ने ऊपर देखा।

अंजीर के फल शाखाओं पर शांत भाव से लगे हुए थे।

उसे लगा जैसे यह पेड़ जीवन का एक गहरा रहस्य बता रहा है—जो मनुष्य भीतर की गहराई को समझ लेता है, वही सच्चे ज्ञान को प्राप्त करता है।

कुछ देर बाद प्रकृत मुस्कुराते हुए अपनी राह पर आगे बढ़ गया।

आज जंगल ने उसे सिखाया था कि हर चीज़ की असली सुंदरता और ज्ञान उसके भीतर छिपा होता है।

अगर पेड़ बोलते

"मनुष्य, केवल बाहरी रूप मत देखो,
सच्चाई अक्सर भीतर छिपी होती है।"

नैतिक संदेश

किसी भी वस्तु या व्यक्ति को समझने के लिए उसके भीतर के गुणों और गहराई को पहचानना आवश्यक है।

62

अखरोट का कठोर आवरण

एक दिन दोपहर के बाद का समय था। आसमान में हल्के बादल थे और जंगल में ठंडी हवा चल रही थी। पत्तियों की सरसराहट वातावरण को शांत बना रही थी।

प्रकृत धीरे-धीरे जंगल के एक नए रास्ते पर आगे बढ़ रहा था।

कुछ दूर चलने के बाद उसकी नजर एक मजबूत और फैले हुए पेड़ पर पड़ी।

वह था अखरोट का पेड़।

उसकी शाखाओं पर हरे रंग के गोल फल लगे हुए थे। बाहर से वे साधारण और कठोर दिखाई दे रहे थे।

प्रकृत उस पेड़ के पास जाकर खड़ा हो गया।

उसी समय वहाँ से दो यात्री गुजर रहे थे।

एक ने पेड़ की ओर देखते हुए कहा—

"यह अखरोट का पेड़ है। इसका फल बाहर से बहुत कठोर होता है।"

दूसरा मुस्कुराकर बोला—

"हाँ, लेकिन उसके अंदर बहुत पौष्टिक और स्वादिष्ट गिरी होती है।"

दोनों धीरे-धीरे आगे बढ़ गए।

प्रकृत उनके शब्दों के बारे में सोचने लगा।

जीवन में भी कई लोग ऐसे होते हैं जो बाहर से कठोर दिखाई देते हैं। उनका स्वभाव गंभीर या सख्त लगता है।

लेकिन कई बार उनके भीतर बहुत कोमलता, ज्ञान और भलाई छिपी होती है।

अखरोट का पेड़ भी शायद यही सिखा रहा था।

उसका फल बाहर से कठोर है, लेकिन उसके भीतर मूल्यवान गिरी छिपी हुई है।

हवा का एक हल्का झोंका आया।

अखरोट की पत्तियाँ हिलने लगीं और उस सरसराहट में जैसे एक गहरी आवाज़ सुनाई दी—

"मनुष्य, किसी को केवल उसके बाहरी व्यवहार से मत परखो।
कई बार कठोर आवरण के भीतर सबसे कोमल हृदय छिपा होता है।"

प्रकृत ने ऊपर देखा।

अखरोट के फल शाखाओं पर शांत भाव से लटक रहे थे।

उसे लगा जैसे यह पेड़ जीवन का एक गहरा रहस्य बता रहा है—सच्चे मूल्य को समझने के लिए धैर्य और गहराई से देखना आवश्यक है।

कुछ देर बाद प्रकृत मुस्कुराते हुए अपनी राह पर आगे बढ़ गया।

आज जंगल ने उसे सिखाया था कि बाहरी कठोरता के पीछे भी कई बार अच्छाई और कोमलता छिपी होती है।

अगर पेड़ बोलते

"मनुष्य, बाहरी कठोरता से मत डरना,
कई बार उसी के भीतर सच्ची मिठास छिपी होती है।"

नैतिक संदेश

किसी भी व्यक्ति का सही मूल्य समझने के लिए उसके भीतर के गुणों को पहचानना आवश्यक होता है।

63

बादाम की बुद्धि

एक दिन सुबह का समय था। जंगल में हल्की ठंडी हवा बह रही थी और सूरज की किरणें धीरे-धीरे पेड़ों की शाखाओं पर चमकने लगी थीं। पक्षियों की आवाज़ें वातावरण को मधुर बना रही थीं।

प्रकृत उस दिन जंगल के एक नए हिस्से की ओर बढ़ रहा था।

चलते-चलते उसकी नजर एक सुंदर और संतुलित पेड़ पर पड़ी।

वह था बादाम का पेड़।

उसकी शाखाओं पर छोटे-छोटे फल लगे हुए थे। बाहर से वे साधारण दिखाई देते थे, लेकिन उनके भीतर एक मूल्यवान गिरी छिपी होती है।

प्रकृत उस पेड़ के पास जाकर खड़ा हो गया।

उसी समय वहाँ से दो ग्रामीण गुजर रहे थे।

एक ने पेड़ की ओर देखते हुए कहा—

"यह बादाम का पेड़ है। लोग कहते हैं कि बादाम खाने से बुद्धि तेज होती है।"

दूसरा मुस्कुराकर बोला—

"हाँ, इसलिए इसे ज्ञान और स्मरण शक्ति का प्रतीक भी माना जाता है।"

दोनों धीरे-धीरे आगे बढ़ गए।

प्रकृत उनके शब्दों के बारे में सोचने लगा।

जीवन में भी ज्ञान का बहुत महत्व होता है।

धन, शक्ति और प्रसिद्धि कुछ समय के लिए मनुष्य को आगे बढ़ा सकते हैं, लेकिन सच्ची प्रगति और सही निर्णय केवल ज्ञान और बुद्धि से ही संभव होते हैं।

बादाम का पेड़ भी शायद यही सिखा रहा था।

उसका छोटा सा फल भीतर एक ऐसी गिरी छिपाए होता है जो शरीर और मस्तिष्क दोनों को शक्ति देती है।

हवा का एक हल्का झोंका आया।

बादाम की पत्तियाँ धीरे-धीरे हिलने लगीं और उस सरसराहट में जैसे एक शांत आवाज़ सुनाई दी—

"मनुष्य, अपने जीवन में ज्ञान को सबसे बड़ा धन बनाओ।
जो बुद्धिमान होता है, वही सही रास्ता चुन पाता है।"

प्रकृत ने ऊपर देखा।

बादाम के फल शाखाओं पर शांत भाव से लटक रहे थे।

उसे लगा जैसे यह पेड़ जीवन का एक गहरा रहस्य बता रहा है—ज्ञान ही वह शक्ति है जो मनुष्य को सही दिशा दिखाती है।

कुछ देर बाद प्रकृत मुस्कुराते हुए अपनी राह पर आगे बढ़ गया।

आज जंगल ने उसे सिखाया था कि मनुष्य के जीवन में सबसे बड़ा धन ज्ञान और समझ ही होता है।

अगर पेड़ बोलते

"मनुष्य, धन से पहले ज्ञान कमाओ,
क्योंकि बुद्धि ही जीवन की सच्ची दिशा दिखाती है।"

नैतिक संदेश

ज्ञान और बुद्धि ही मनुष्य को सही निर्णय लेने और जीवन में सच्ची सफलता प्राप्त करने की शक्ति देते हैं।

64

नागकेसर की पवित्र सुगंध

एक दिन सुबह का समय था। रात की हल्की वर्षा के कारण जंगल की मिट्टी से भीनी-भीनी सुगंध उठ रही थी। हवा स्वच्छ और ठंडी थी, और पेड़ों की पत्तियाँ धीरे-धीरे हिल रही थीं।

प्रकृत उस दिन जंगल के एक ऐसे हिस्से की ओर चल पड़ा जहाँ बहुत कम लोग जाते थे।

चलते-चलते उसकी नजर एक सुंदर और शांत पेड़ पर पड़ी।

वह था नागकेसर का पेड़।

उसकी शाखाओं पर छोटे-छोटे सफेद फूल खिले हुए थे। उन फूलों के बीच सुनहरे रंग के केसर जैसे पुंकेसर चमक रहे थे। हवा चलती तो उनकी सुगंध पूरे वातावरण में फैल जाती।

प्रकृत उस पेड़ के पास जाकर खड़ा हो गया।

कुछ ही देर में वहाँ से दो वृद्ध साधु गुजर रहे थे।

एक साधु ने पेड़ की ओर देखकर कहा—

“यह नागकेसर का पेड़ है। इसके फूल बहुत पवित्र माने जाते हैं और पूजा में भी उपयोग होते हैं।”

दूसरे साधु ने मुस्कुराकर कहा—

“हाँ, इसकी सुगंध बहुत दूर तक फैलती है, जैसे किसी अच्छे व्यक्ति की कीर्ति दूर-दूर तक फैलती है।”

दोनों साधु आगे बढ़ गए।

प्रकृत उनके शब्दों के बारे में सोचने लगा।

जीवन में भी कुछ लोग ऐसे होते हैं जो चुपचाप अच्छे कार्य करते रहते हैं। वे दिखावा नहीं करते, लेकिन उनके कर्मों की सुगंध समाज में फैल जाती है।

नागकेसर का पेड़ भी शायद यही सिखा रहा था।

वह शांत खड़ा था, लेकिन उसके फूलों की सुगंध पूरे जंगल को मधुर बना रही थी।

हवा का एक हल्का झोंका आया।

नागकेसर के फूल धीरे-धीरे हिलने लगे और उस सरसराहट में जैसे एक मधुर आवाज़ सुनाई दी—

"मनुष्य, अपने जीवन को ऐसे कर्मों से भर दो
कि तुम्हारी सुगंध तुम्हारे बाद भी संसार में बनी रहे।"

प्रकृत ने ऊपर देखा।

नागकेसर के फूल धूप में हल्के-हल्के चमक रहे थे।

उसे लगा जैसे यह पेड़ जीवन का एक गहरा रहस्य बता रहा है—सच्चे और पवित्र कर्म ही मनुष्य को अमर बना देते हैं।

कुछ देर बाद प्रकृत मुस्कुराते हुए आगे बढ़ गया।

आज जंगल ने उसे सिखाया था कि मनुष्य को अपने जीवन में ऐसे कार्य करने चाहिए जिनकी सुगंध समाज में हमेशा बनी रहे।

अगर पेड़ बोलते

"मनुष्य, अपने कर्म ऐसे बनाओ
कि उनकी सुगंध समय के साथ और भी फैलती जाए।"

नैतिक संदेश

पवित्र विचार और अच्छे कर्म ही मनुष्य की सच्ची पहचान और स्थायी सम्मान का कारण बनते हैं।

65

रुद्राक्ष की आंतरिक शांति

एक दिन सुबह का समय था। जंगल में हल्की ठंडी हवा चल रही थी और सूरज की किरणें धीरे-धीरे पेड़ों की शाखाओं पर फैल रही थीं। वातावरण में एक गहरी शांति थी।

प्रकृत उस दिन जंगल के एक शांत और कम देखे जाने वाले हिस्से में पहुँचा।

चलते-चलते उसकी नजर एक ऐसे पेड़ पर पड़ी जिसकी शाखाओं पर छोटे-छोटे नीले रंग के फल लगे हुए थे।

वह था रुद्राक्ष का पेड़।

उसके फल बाहर से साधारण दिखाई दे रहे थे, लेकिन उनके भीतर एक ऐसा बीज होता है जिसे लोग बहुत पवित्र मानते हैं।

प्रकृत उस पेड़ के पास जाकर खड़ा हो गया।

उसी समय वहाँ से दो साधु गुजर रहे थे।

एक साधु ने पेड़ की ओर देखकर कहा—

"यह रुद्राक्ष का पेड़ है। इसके बीज भगवान शिव से जुड़े माने जाते हैं।"

दूसरे साधु ने शांत स्वर में कहा—

"हाँ, लोग इसे धारण करते हैं ताकि उनके मन में शांति और एकाग्रता बनी रहे।"

दोनों साधु धीरे-धीरे आगे बढ़ गए।

प्रकृत उनके शब्दों के बारे में सोचने लगा।

जीवन में भी मनुष्य अक्सर बाहरी चीज़ों के पीछे भागता रहता है—धन, प्रसिद्धि और सफलता।

लेकिन असली शांति मन के भीतर होती है।

रुद्राक्ष का पेड़ भी शायद यही सिखा रहा था।

उसका छोटा सा बीज मनुष्य को भीतर की शांति और ध्यान की याद दिलाता है।

हवा का एक हल्का झोंका आया।

रुद्राक्ष की पत्तियाँ धीरे-धीरे हिलने लगीं और उस सरसराहट में जैसे एक शांत और गहरी आवाज़ सुनाई दी—

"मनुष्य, बाहरी संसार में जितना भी दौड़ लो,
सच्ची शांति तुम्हें अपने भीतर ही मिलेगी।"

प्रकृत ने ऊपर देखा।

रुद्राक्ष के फल शाखाओं पर शांत भाव से लटक रहे थे।

उसे लगा जैसे यह पेड़ जीवन का एक गहरा रहस्य बता रहा है—मन की शांति ही मनुष्य के जीवन की सबसे बड़ी शक्ति है।

कुछ देर बाद प्रकृत मुस्कुराते हुए आगे बढ़ गया।

आज जंगल ने उसे सिखाया था कि जो मनुष्य अपने भीतर शांति खोज लेता है, वही सच में सुखी होता है।

अगर पेड़ बोलते

"मनुष्य, अपने भीतर उतरना सीखो,
वहीं तुम्हें सच्ची शांति मिलेगी।"

नैतिक संदेश

सच्चा सुख और शांति बाहरी वस्तुओं में नहीं, बल्कि मन की स्थिरता और आत्मचिंतन में मिलते हैं।

66

पारिजात का दिव्य स्मरण

एक दिन भोर का समय था। आकाश में हल्की गुलाबी रोशनी फैल रही थी और जंगल में पक्षियों का मधुर कलरव गूंज रहा था। ठंडी हवा पेड़ों की पत्तियों को धीरे-धीरे हिला रही थी।

प्रकृत उस सुबह बहुत जल्दी जंगल की ओर निकल पड़ा।

चलते-चलते उसकी नजर एक ऐसे पेड़ पर पड़ी जिसके नीचे सफेद और नारंगी रंग के छोटे-छोटे फूल जमीन पर बिखरे हुए थे।

वह था पारिजात का पेड़।

उसकी शाखाओं पर अभी भी कुछ सुंदर फूल खिले हुए थे, लेकिन अधिकतर फूल रात में खिलकर सुबह धरती पर गिर चुके थे।

प्रकृत उस पेड़ के पास जाकर खड़ा हो गया।

उसी समय वहाँ से दो बुजुर्ग साधु गुजर रहे थे।

एक साधु ने मुस्कुराकर कहा—

"यह पारिजात का पेड़ है। इसे स्वर्ग का फूल भी कहा जाता है।"

दूसरे साधु ने शांत स्वर में कहा—

"हाँ, यह रात में खिलता है और सुबह धरती को सुगंध से भर देता है। इसका जीवन छोटा होता है, लेकिन इसकी सुगंध बहुत पवित्र होती है।"

दोनों साधु धीरे-धीरे आगे बढ़ गए।

प्रकृत उनके शब्दों के बारे में सोचने लगा।

जीवन भी कुछ ऐसा ही है।

मनुष्य का जीवन बहुत लंबा नहीं होता, लेकिन उसके कर्म और उसका प्रभाव समाज में बहुत दूर तक फैल सकता है।

पारिजात का फूल भी रात भर खिलकर अपनी सुगंध से वातावरण को भर देता है और फिर शांत भाव से धरती पर गिर जाता है।

हवा का एक हल्का झोंका आया।

पारिजात की पत्तियाँ हिलने लगीं और उस सरसराहट में जैसे एक मधुर आवाज़ सुनाई दी—

"मनुष्य, जीवन की लंबाई नहीं,
उसकी सुगंध ही उसे महान बनाती है।"

प्रकृत ने नीचे गिरे फूलों को देखा।

वे छोटे थे, लेकिन उनकी सुगंध पूरे वातावरण में फैल रही थी।

उसे लगा जैसे यह पेड़ जीवन का एक गहरा रहस्य बता रहा है—महान वही है जो अपने छोटे से जीवन में भी संसार को सुगंध से भर दे।

कुछ देर बाद प्रकृत मुस्कुराते हुए अपनी राह पर आगे बढ़ गया।

आज जंगल ने उसे सिखाया था कि मनुष्य को अपने जीवन को ऐसे कर्मों से भरना चाहिए जिनकी खुशबू समय के साथ भी बनी रहे।

अगर पेड़ बोलते

"मनुष्य, जीवन चाहे छोटा हो,
लेकिन उसे सुगंधित बनाना तुम्हारे हाथ में है।"

नैतिक संदेश

जीवन की महानता उसकी लंबाई में नहीं, बल्कि उसके अच्छे कर्मों और समाज पर पड़े सकारात्मक प्रभाव में होती है।

67

भोजपत्र का मौन दर्द

एक दिन सुबह का समय था। पहाड़ी जंगलों की ठंडी हवा में एक अलग ही शांति थी। आसमान हल्का धुंधला था और दूर-दूर तक फैले पेड़ों पर ओस की बूंदें चमक रही थीं।

प्रकृत उस दिन पहली बार जंगल के उस ऊँचे हिस्से में पहुँचा था, जहाँ पेड़ भी कुछ अलग दिखाई देते थे।

चलते-चलते उसकी नजर एक ऐसे पेड़ पर पड़ी जिसकी छाल सफेद और परतों में उतरती हुई लग रही थी।

वह था भोजपत्र का पेड़।

उसका तना बहुत अलग था—पतली-परतदार छाल जैसे किसी ने कागज की परतें लपेट दी हों। वह पेड़ शांत खड़ा था, लेकिन उसके भीतर जैसे कई कहानियाँ छिपी हुई थीं।

प्रकृत उसके पास जाकर खड़ा हो गया।

उसी समय वहाँ से दो बुजुर्ग साधु गुजर रहे थे।

एक साधु ने पेड़ की छाल को देखकर धीरे से कहा—

"यह भोजपत्र का पेड़ है। प्राचीन समय में इसी पर ऋषि-मुनि अपने ग्रंथ लिखा करते थे।"

दूसरे साधु ने गहरी साँस लेते हुए कहा—

"हाँ, इस पेड़ ने अपने शरीर की छाल देकर ज्ञान को दुनिया तक पहुँचाया... लेकिन किसी ने इसके दर्द को नहीं समझा।"

दोनों साधु आगे बढ़ गए।

प्रकृत के मन में यह बात गूंजती रही—'इसके दर्द को नहीं समझा'।

वह पेड़ को ध्यान से देखने लगा।

उसकी छाल कई जगहों से उखड़ी हुई थी। कुछ जगहों पर तना खुला हुआ था, जैसे किसी ने बार-बार उसे छीला हो।

उसे लगा जैसे यह पेड़ चुपचाप सहता रहा है।

जीवन में भी कई लोग ऐसे होते हैं जो दूसरों के लिए बहुत कुछ दे देते हैं—अपना समय, अपनी मेहनत, अपना ज्ञान... लेकिन उनके अपने दर्द को कोई नहीं देखता।

भोजपत्र का पेड़ भी शायद यही सिखा रहा था।

वह ज्ञान देने के लिए अपना ही एक हिस्सा खोता रहा।

हवा का एक हल्का झोंका आया।

भोजपत्र की पतली छाल हल्की-हल्की हिलने लगी और उस सरसराहट में जैसे एक धीमी, गहरी आवाज़ सुनाई दी—

"मनुष्य, जो देता है, उसका दर्द भी समझो।
हर त्याग के पीछे एक मौन पीड़ा छिपी होती है।"

प्रकृत की आँखें नम हो गईं।

उसे लगा जैसे यह पेड़ केवल ज्ञान ही नहीं, बल्कि एक सच्चाई भी बता रहा है—त्याग हमेशा दिखता नहीं, लेकिन महसूस किया जा सकता है।

वह कुछ देर वहीं खड़ा रहा।

आज पहली बार उसे लगा कि पेड़ केवल छाया और फल ही नहीं देते, वे अपना अस्तित्व भी दे देते हैं।

कुछ देर बाद वह धीरे-धीरे आगे बढ़ गया।

आज जंगल ने उसे सिखाया था कि जो लोग हमें कुछ देते हैं, हमें उनके त्याग और दर्द को भी समझना चाहिए।

अगर पेड़ बोलते

"मनुष्य, केवल लेने वाले मत बनो,
कभी देने वालों के दर्द को भी समझो।"

नैतिक संदेश

दूसरों के त्याग और योगदान को समझना और उसका सम्मान करना ही सच्ची संवेदनशीलता और मानवता है।

68

चिलगोजा का संघर्षपूर्ण जीवन

एक दिन ठंडी सुबह थी। पहाड़ों की ऊँचाई पर हवा कुछ ज्यादा ही तेज़ और सर्द थी। चारों ओर फैले जंगल में सन्नाटा था, केवल हवा की आवाज़ और कभी-कभी पक्षियों की पुकार सुनाई दे रही थी।

प्रकृत उस दिन पहाड़ी जंगल के और ऊँचे हिस्से की ओर बढ़ रहा था।

जैसे-जैसे वह ऊपर चढ़ता गया, पेड़ों का स्वरूप बदलता गया। कुछ पेड़ कम हो गए, और जो थे वे कठिन परिस्थितियों में खड़े दिखाई दे रहे थे।

तभी उसकी नजर एक मजबूत और अलग तरह के पेड़ पर पड़ी।

वह था चिलगोजा का पेड़।

उसका तना सख्त था, शाखाएँ कम थीं, और वह ठंडी हवाओं के बीच अडिग खड़ा था। उसकी शाखाओं पर छोटे-छोटे शंकु (cones) लगे हुए थे, जिनके भीतर चिलगोजा छिपा होता है।

प्रकृत उसके पास जाकर खड़ा हो गया।

उसने महसूस किया कि यहाँ की जमीन कठोर थी, हवा तेज़ थी और मौसम भी बहुत कठिन था।

उसी समय वहाँ से दो चरवाहे गुजर रहे थे।

एक ने पेड़ की ओर देखते हुए कहा—

"यह चिलगोजा का पेड़ है। बहुत कठिन जगहों पर उगता है।"

दूसरा बोला—

"हाँ, और इसका फल भी आसानी से नहीं मिलता। बहुत मेहनत करनी पड़ती है इसे पाने के लिए।"

दोनों धीरे-धीरे आगे बढ़ गए।

प्रकृत उनके शब्दों के बारे में सोचने लगा।

कई बार जीवन भी ऐसा ही होता है।

कुछ लोगों का जीवन आसान नहीं होता। उन्हें हर कदम पर संघर्ष करना पड़ता है—कभी परिस्थितियों से, कभी लोगों से, और कभी अपने ही हालात से।

लेकिन वही संघर्ष उन्हें मजबूत बनाता है।

चिलगोजा का पेड़ भी शायद यही सिखा रहा था।

वह आसान जगहों पर नहीं, बल्कि कठिन और कठोर परिस्थितियों में उगता है।

और उसका फल भी तुरंत नहीं मिलता—उसके लिए धैर्य और मेहनत दोनों चाहिए।

हवा का एक तेज़ झोंका आया।

चिलगोजा की शाखाएँ जोर से हिलीं, लेकिन वह पेड़ अपनी जगह से नहीं डिगा।

उस सरसराहट में जैसे एक दृढ़ आवाज़ सुनाई दी—

"मनुष्य, आसान रास्ते तुम्हें मजबूत नहीं बनाते।
संघर्ष ही तुम्हें असली शक्ति देता है।"

प्रकृत ने ऊपर देखा।

उस पेड़ की दृढ़ता उसे बहुत गहरी बात समझा रही थी।

उसे लगा जैसे यह पेड़ कह रहा हो—जो कठिनाइयों में खड़ा रहना सीख लेता है, वही जीवन में सच्ची ऊँचाई तक पहुँचता है।

कुछ देर तक वह वहीं खड़ा रहा।

आज उसे महसूस हुआ कि पहाड़ों के ये पेड़ केवल खड़े नहीं रहते, वे हर दिन संघर्ष करते हैं—हवा से, ठंड से, और समय से।

फिर भी वे हार नहीं मानते।

कुछ देर बाद प्रकृत धीरे-धीरे आगे बढ़ गया।

आज जंगल ने उसे सिखाया था कि जीवन का हर संघर्ष एक शक्ति बन सकता है, अगर मनुष्य हार न माने।

अगर पेड़ बोलते

"मनुष्य, कठिन रास्तों से मत भागो,
वहीं तुम्हारी असली पहचान बनती है।"

नैतिक संदेश

संघर्ष और कठिनाइयाँ ही मनुष्य को मजबूत बनाती हैं और उसे सच्ची सफलता के योग्य बनाती हैं।

69

सिंदूर का मौन बलिदान

एक दिन शाम का समय था। सूरज धीरे-धीरे ढल रहा था और जंगल में हल्की लालिमा फैल गई थी। हवा शांत थी, लेकिन वातावरण में एक गहरी गंभीरता महसूस हो रही थी।

प्रकृत उस दिन जंगल के एक ऐसे हिस्से में पहुँचा जहाँ पेड़ कुछ अलग ही प्रतीत हो रहे थे।

चलते-चलते उसकी नजर एक पेड़ पर पड़ी जिसकी छाल हल्की लालिमा लिए हुए थी।

वह था सिंदूर का पेड़।

उसका तना साधारण था, लेकिन उसकी छाल में एक गहरा रंग छिपा हुआ था—वही रंग जो सिंदूर के रूप में उपयोग होता है।

प्रकृत उसके पास जाकर खड़ा हो गया।

उसी समय वहाँ से दो ग्रामीण महिलाएँ गुजर रही थीं। उनमें से एक ने पेड़ की ओर देखकर कहा—

"इस पेड़ की छाल से ही सिंदूर तैयार किया जाता है।"

दूसरी ने धीमे स्वर में कहा—

"हाँ, यह रंग बहुत पवित्र माना जाता है... लेकिन इसे पाने के लिए पेड़ की छाल को हटाना पड़ता है।"

दोनों महिलाएँ आगे बढ़ गईं।

प्रकृत के मन में यह बात गूंजती रही—"छाल को हटाना पड़ता है..."

उसने ध्यान से पेड़ को देखा।

कई जगहों पर उसकी छाल उखड़ी हुई थी। कुछ हिस्से ऐसे थे जहाँ तना खुला दिखाई दे रहा था।

उसे लगा जैसे यह पेड़ चुपचाप अपना एक हिस्सा खोता जा रहा है।

जीवन में भी कई चीजें ऐसी होती हैं जो हमें पवित्र और सुंदर लगती हैं, लेकिन उनके पीछे किसी का त्याग छिपा होता है।

सिंदूर का पेड़ भी शायद यही सिखा रहा था।

उसकी छाल से निकला रंग किसी के जीवन में खुशी और परंपरा का प्रतीक बनता है, लेकिन उस रंग के पीछे उसका अपना दर्द छिपा होता है।

हवा का एक हल्का झोंका आया।

सिंदूर के पेड़ की शाखाएँ हिलने लगीं और उस सरसराहट में जैसे एक गहरी और धीमी आवाज़ सुनाई दी—

"मनुष्य, जो चीज तुम्हें सुंदर और पवित्र लगती है,
उसके पीछे छिपे त्याग को भी समझो।"

प्रकृत की आँखें कुछ पल के लिए स्थिर हो गईं।

उसे लगा जैसे यह पेड़ जीवन का एक कठोर सत्य बता रहा है—हर सुंदरता के पीछे एक अनकहा बलिदान होता है।

वह कुछ देर तक चुपचाप खड़ा रहा।

आज पहली बार उसे महसूस हुआ कि प्रकृति केवल देती ही नहीं, बल्कि हर बार कुछ खोती भी है।

फिर भी वह शिकायत नहीं करती।

कुछ देर बाद प्रकृत धीरे-धीरे आगे बढ़ गया।

आज जंगल ने उसे सिखाया था कि हमें हर उस चीज़ के पीछे छिपे त्याग का सम्मान करना चाहिए, जिसे हम सहज रूप से स्वीकार कर लेते हैं।

अगर पेड़ बोलते

"मनुष्य, केवल परिणाम को मत देखो,
उसके पीछे छिपे त्याग को भी समझो।"

नैतिक संदेश

हर सुंदर और पवित्र चीज़ के पीछे किसी न किसी का त्याग छिपा होता है—उसका सम्मान करना ही सच्ची संवेदनशीलता है।

70

पाकर की फैलती छाया

एक दिन दोपहर का समय था। सूरज आसमान में तेज़ चमक रहा था और जंगल के खुले हिस्सों में गर्मी बढ़ गई थी। ऐसे समय में पेड़ों की छाया ही सबसे बड़ी राहत बन जाती है।

प्रकृत उस दिन थकान भरे कदमों से जंगल के रास्ते पर चल रहा था।

कुछ दूर जाने के बाद उसकी नजर एक बहुत बड़े और फैले हुए पेड़ पर पड़ी।

वह था पाकर का पेड़।

उसकी शाखाएँ चारों ओर दूर-दूर तक फैली हुई थीं और उसकी घनी पत्तियाँ नीचे एक गहरी और ठंडी छाया बना रही थीं।

प्रकृत जल्दी से उस पेड़ के नीचे जाकर बैठ गया।

जैसे ही वह छाया में आया, उसे तुरंत राहत महसूस हुई।

कुछ ही देर में वहाँ और लोग भी आकर बैठने लगे—कोई चरवाहा, कोई राहगीर, और कुछ पक्षी उसकी शाखाओं पर आकर बैठ गए।

सब अपने-अपने तरीके से उस पेड़ की छाया का लाभ ले रहे थे।

उसी समय वहाँ बैठे एक बुजुर्ग ने मुस्कुराते हुए कहा—

“देखो इस पाकर के पेड़ को... यह किसी से कुछ नहीं पूछता, बस सबको छाया देता है।”

दूसरा व्यक्ति बोला—

“हाँ, और इसकी छाया में अमीर-गरीब, बड़ा-छोटा—सब एक जैसे हो जाते हैं।”

दोनों धीरे-धीरे बातें करते रहे।

प्रकृत उनके शब्दों के बारे में सोचने लगा।

समाज में भी अक्सर लोग भेदभाव करते हैं—कभी धन के आधार पर, कभी जाति या पद के आधार पर।

लेकिन प्रकृति ऐसा नहीं करती।

पाकर का पेड़ भी शायद यही सिखा रहा था।

वह बिना किसी भेदभाव के हर किसी को समान छाया देता है।

हवा का एक हल्का झोंका आया।

पाकर की पत्तियाँ धीरे-धीरे हिलने लगीं और उस सरसराहट में जैसे एक शांत आवाज़ सुनाई दी—

“मनुष्य, अपने हृदय को इतना विशाल बनाओ
कि उसमें सबके लिए जगह हो।”

प्रकृत ने ऊपर देखा।

पाकर की फैली हुई शाखाएँ मानो आकाश को छू रही थीं।

उसे लगा जैसे यह पेड़ जीवन का एक गहरा रहस्य बता रहा है—महान वही है जो सबको समान दृष्टि से देखे।

कुछ देर बाद प्रकृत धीरे-धीरे उठकर आगे बढ़ गया।

आज जंगल ने उसे सिखाया था कि सच्ची महानता समानता और उदारता में होती है।

अगर पेड़ बोलते

“मनुष्य, भेदभाव को छोड़ो,
सबको समान दृष्टि से देखो।”

नैतिक संदेश

सच्ची महानता उसी में है जो बिना भेदभाव के सभी के प्रति समानता और करुणा का भाव रखे।

71

सीताफल का धैर्यपूर्ण मीठापन

एक दिन सुबह का समय था। हल्की ठंडी हवा जंगल में बह रही थी और सूरज की किरणें धीरे-धीरे पेड़ों के बीच फैल रही थीं। वातावरण शांत था, लेकिन हर ओर जीवन की हलचल महसूस हो रही थी।

प्रकृत उस दिन जंगल के एक ऐसे हिस्से में पहुँचा जहाँ छोटे-छोटे फलदार पेड़ अधिक थे।

चलते-चलते उसकी नजर एक अलग तरह के पेड़ पर पड़ी।

वह था सीताफल का पेड़।

उसकी शाखाओं पर हरे रंग के अजीब आकार के फल लगे हुए थे। वे बाहर से थोड़े कठोर और खुरदरे दिखाई दे रहे थे।

प्रकृत उसके पास जाकर खड़ा हो गया।

उसी समय वहाँ से एक किसान और उसका बेटा गुजर रहे थे।

बेटे ने उत्सुकता से पूछा—

"पिताजी, यह फल बाहर से इतना खुरदरा क्यों है?"

किसान मुस्कुराया और बोला—

"यह सीताफल है बेटा। बाहर से यह थोड़ा सख्त लगता है, लेकिन जब यह पकता है, तो अंदर से बहुत मीठा होता है।"

बेटा आश्चर्य से बोला—

"मतलब अभी यह अच्छा नहीं है?"

किसान ने हँसते हुए कहा—

"अभी नहीं, लेकिन समय के साथ यह बहुत मीठा हो जाएगा।"

दोनों आगे बढ़ गए।

प्रकृत उनके शब्दों के बारे में सोचने लगा।

जीवन में भी कई चीजें ऐसी होती हैं जो तुरंत अच्छी नहीं लगतीं। कई बार मेहनत, समय और धैर्य की जरूरत होती है।

लेकिन जब समय सही होता है, तो वही चीजें सबसे मीठा फल देती हैं।

सीताफल का पेड़ भी शायद यही सिखा रहा था।

उसका फल तुरंत मीठा नहीं होता, लेकिन सही समय आने पर वह अपनी असली मिठास दिखाता है।

हवा का एक हल्का झोंका आया।

सीताफल की पत्तियाँ धीरे-धीरे हिलने लगीं और उस सरसराहट में जैसे एक शांत आवाज़ सुनाई दी—

"मनुष्य, हर चीज़ का समय होता है।
धैर्य रखोगे, तो जीवन में मिठास जरूर आएगी।"

प्रकृत ने ऊपर देखा।

सीताफल के फल शाखाओं पर शांत भाव से लटक रहे थे।

उसे लगा जैसे यह पेड़ जीवन का एक गहरा रहस्य बता रहा है—धैर्य और समय ही हर प्रयास को सफल और मधुर बनाते हैं।

कुछ देर बाद प्रकृत मुस्कुराते हुए आगे बढ़ गया।

आज जंगल ने उसे सिखाया था कि जीवन में जल्दबाजी नहीं, बल्कि धैर्य और सही समय का इंतजार करना जरूरी है।

अगर पेड़ बोलते

"मनुष्य, अधीर मत बनो,
समय के साथ ही हर फल मीठा होता है।"

नैतिक संदेश

धैर्य और समय का सही उपयोग ही जीवन में सफलता और सुख की असली कुंजी है।

72

ओक का अडिग विश्वास

एक दिन सुबह का समय था। पहाड़ी जंगलों में ठंडी हवा बह रही थी और आसमान हल्का नीला था। ऊँचे-ऊँचे पेड़ आकाश को छूते हुए खड़े थे, जैसे वे समय के गवाह हों।

प्रकृत उस दिन जंगल के और गहरे हिस्से में पहुँचा।

चलते-चलते उसकी नजर एक विशाल और मजबूत पेड़ पर पड़ी।

वह था ओक का पेड़।

उसका तना बहुत मोटा और कठोर था। उसकी शाखाएँ दूर-दूर तक फैली हुई थीं और वह वर्षों से वहीं खड़ा प्रतीत हो रहा था।

प्रकृत उसके पास जाकर खड़ा हो गया।

उसने महसूस किया कि इस पेड़ में एक अलग ही स्थिरता और शक्ति है।

उसी समय वहाँ से दो यात्री गुजर रहे थे।

एक ने पेड़ की ओर देखकर कहा—

"यह ओक का पेड़ है। यह बहुत धीरे-धीरे बढ़ता है, लेकिन बहुत मजबूत होता है।"

दूसरा बोला—

"हाँ, और इसे बड़ा बनने में कई साल लग जाते हैं, लेकिन एक बार यह खड़ा हो जाए तो इसे गिराना आसान नहीं होता।"

दोनों आगे बढ़ गए।

प्रकृत उनके शब्दों के बारे में सोचने लगा।

आज के समय में लोग जल्दी-जल्दी सफलता पाना चाहते हैं। वे चाहते हैं कि बिना समय और धैर्य के ही सब कुछ मिल जाए।

लेकिन प्रकृति कुछ और ही सिखाती है।

ओक का पेड़ धीरे-धीरे बढ़ता है, लेकिन उसकी जड़ें बहुत गहरी होती हैं।

वह समय लेत है, लेकिन बदले में अडिग शक्ति प्राप्त करता है।

हवा का एक तेज़ झोंका आया।

ओक की शाखाएँ हिलने लगीं, लेकिन उसका तना अपनी जगह पर अडिग खड़ा रहा।

उस सरसराहट में जैसे एक दृढ़ आवाज़ सुनाई दी—

"मनुष्य, जल्दी में पाई गई ऊँचाई टिकती नहीं।
जो धीरे-धीरे बढ़ता है, वही सबसे मजबूत बनता है।"

प्रकृत ने ऊपर देखा।

ओक का विशाल स्वरूप उसे गहराई से प्रभावित कर रहा था।

उसे लगा जैसे यह पेड़ जीवन का एक महत्वपूर्ण रहस्य बता रहा है—धैर्य और समय से बनी नींव ही जीवन को अडिग बनाती है।

कुछ देर बाद वह शांत मन से आगे बढ़ गया।

आज जंगल ने उसे सिखाया था कि जल्दी की सफलता से बेहतर है स्थायी और मजबूत सफलता।

अगर पेड़ बोलते

"मनुष्य, धैर्य रखो और धीरे-धीरे आगे बढ़ो,
तभी तुम्हारी जड़ें मजबूत होंगी।"

नैतिक संदेश

धैर्य, समय और निरंतर प्रयास से ही जीवन में स्थायी सफलता और मजबूती प्राप्त होती है।

73

विलो का झुकता साहस

एक दिन शाम का समय था। आसमान में हल्के बादल छाए हुए थे और नदी के किनारे बहती ठंडी हवा वातावरण को शांत बना रही थी।

प्रकृत उस दिन जंगल के उस हिस्से में पहुँचा जहाँ एक शांत नदी बह रही थी।

नदी के किनारे उसकी नजर एक अलग ही तरह के पेड़ पर पड़ी।

वह था विलो का पेड़।

उसकी लंबी-लंबी पतली शाखाएँ नीचे की ओर झुकी हुई थीं, जैसे वह नदी से कुछ कह रहा हो। हवा चलती तो उसकी शाखाएँ लहरों की तरह हिलने लगतीं।

प्रकृत उसके पास जाकर खड़ा हो गया।

उसे यह देखकर आश्चर्य हुआ कि जहाँ दूसरे पेड़ सीधे खड़े रहते हैं, वहीं यह पेड़ झुका हुआ था—फिर भी कमजोर नहीं लगता था।

उसी समय वहाँ से दो यात्री गुजर रहे थे।

एक ने पेड़ की ओर देखकर कहा—

"यह विलो का पेड़ है। इसकी शाखाएँ हमेशा झुकी रहती हैं।"

दूसरा मुस्कुराकर बोला—

"हाँ, लेकिन यही इसकी ताकत है। तेज हवा आने पर यह टूटता नहीं, बल्कि झुक जाता है।"

दोनों आगे बढ़ गए।

प्रकृत उनके शब्दों के बारे में सोचने लगा।

जीवन में भी कई बार परिस्थितियाँ कठिन हो जाती हैं। कुछ लोग जिद में टूट जाते हैं, जबकि कुछ लोग समय के साथ खुद को ढाल लेते हैं।

विलो का पेड़ भी शायद यही सिखा रहा था।

वह कठोर नहीं बनता, बल्कि लचीला बनकर हर परिस्थिति का सामना करता है।

हवा का एक तेज़ झोंका आया।

विलो की शाखाएँ जोर से झुकीं, लेकिन कुछ ही क्षण बाद फिर से अपने स्थान पर लौट आईं।

उस सरसराहट में जैसे एक शांत और गहरी आवाज़ सुनाई दी—

"मनुष्य, हर समय कठोर मत बनो।
कभी-कभी झुक जाना ही सबसे बड़ा साहस होता है।"

प्रकृत ने ऊपर देखा।

विलो की झुकी हुई शाखाएँ उसे जीवन का एक गहरा रहस्य समझा रही थीं—लचीलापन ही असली शक्ति है।

कुछ देर बाद वह मुस्कुराते हुए आगे बढ़ गया।

आज जंगल ने उसे सिखाया था कि परिस्थितियों के अनुसार खुद को ढालना ही जीवन की सबसे बड़ी समझदारी है।

अगर पेड़ बोलते

"मनुष्य, समय के साथ झुकना सीखो,
तभी तुम टूटने से बच पाओगे।"

नैतिक संदेश

लचीलापन और परिस्थितियों के अनुसार खुद को बदलने की क्षमता ही मनुष्य को मजबूत और सफल बनाती है।

74

रबर का मौन त्याग

एक दिन सुबह का समय था। जंगल में हल्की नमी थी और रात की बारिश के कारण मिट्टी से सोंधी खुशबू उठ रही थी। पेड़ों की पत्तियों पर पानी की बूंदें चमक रही थीं।

प्रकृत उस दिन जंगल के उस हिस्से में पहुँचा जहाँ कुछ अलग प्रकार के पेड़ लगे हुए थे।

चलते-चलते उसकी नजर एक सीधे और शांत पेड़ पर पड़ी।

वह था रबर का पेड़।

उसका तना साधारण था, लेकिन उसमें कुछ खास था। प्रकृत ने देखा कि उसके तने पर कुछ जगहों पर हल्की-हल्की कटाई के निशान थे, और वहाँ से सफेद रंग का रस निकलकर नीचे एक बर्तन में इकट्ठा हो रहा था।

प्रकृत उसके पास जाकर खड़ा हो गया।

उसी समय वहाँ से दो मजदूर गुजर रहे थे।

एक ने पेड़ की ओर देखते हुए कहा—

"यह रबर का पेड़ है। इसके तने से रस निकालकर रबर बनाया जाता है।"

दूसरा बोला—

"हाँ, हर दिन थोड़ा-थोड़ा रस लिया जाता है... लेकिन अगर ज्यादा काट दिया जाए, तो पेड़ कमजोर हो जाता है।"

दोनों आगे बढ़ गए।

प्रकृत के मन में यह बात गहराई से उतर गई।

उसने पेड़ के तने को ध्यान से देखा।

वहाँ बने कट के निशान साफ दिखाई दे रहे थे।

उसे लगा जैसे यह पेड़ हर दिन थोड़ा-थोड़ा अपना हिस्सा खोता है।

फिर भी वह खड़ा है... शांत... बिना किसी शिकायत के।

जीवन में भी कई लोग ऐसे होते हैं जो दूसरों के लिए लगातार कुछ देते रहते हैं—अपनी मेहनत, अपना समय, अपनी ऊर्जा।

लेकिन अगर उनका ध्यान न रखा जाए, तो वे भी धीरे-धीरे कमजोर हो जाते हैं।

रबर का पेड़ भी शायद यही सिखा रहा था।

वह देता है, लेकिन उसके भी अपने सीमाएँ हैं।

हवा का एक हल्का झोंका आया।

रबर की पत्तियाँ धीरे-धीरे हिलने लगीं और उस सरसराहट में जैसे एक गहरी आवाज़ सुनाई दी—

"मनुष्य, लेना सीखो... लेकिन सीमा में।
अधिक लेने से देने वाला भी टूट सकता है।"

प्रकृत की आँखें कुछ पल के लिए बंद हो गईं।

उसे लगा जैसे यह पेड़ केवल एक सच्चाई नहीं, बल्कि एक चेतावनी भी दे रहा है—प्रकृति का उपयोग संतुलन से करो।

वह कुछ देर तक वहीं खड़ा रहा।

आज जंगल ने उसे सिखाया था कि हर देने वाली चीज़ की एक सीमा होती है, और उस सीमा का सम्मान करना ही सच्ची समझदारी है।

कुछ देर बाद वह धीरे-धीरे आगे बढ़ गया।

अगर पेड़ बोलते

"मनुष्य, जितना आवश्यक हो उतना ही लो,
प्रकृति को भी जीने दो।"

नैतिक संदेश

प्रकृति से संतुलित और सीनित उपयोग ही स्थायी जीवन का आधार है—अत्यधिक उपयोग विनाश की ओर ले जाता है।

75

सूखता हुआ पेड़

उस दिन जंगल वैसा नहीं था जैसा प्रकृत ने हमेशा देखा था।

हवा तो चल रही थी... लेकिन उसमें ताजगी नहीं थी।

पत्तियाँ हिल रही थीं... लेकिन उनमें जीवन का संगीत नहीं था।

प्रकृत धीरे-धीरे आगे बढ़ रहा था, लेकिन उसके मन में एक अजीब-सी बेचैनी थी—जैसे जंगल उसे कुछ दिखाना चाहता हो।

कुछ दूर जाने पर उसकी नजर एक पेड़ पर पड़ी...

और वह वहीं रुक गया।

वह पेड़ सूख रहा था।

उसकी शाखाएँ बेजान थीं, पत्तियाँ लगभग झड़ चुकी थीं, और उसका तना फटा हुआ था—जैसे किसी ने उसकी आत्मा को ही खरोंच दिया हो।

प्रकृत धीरे-धीरे उसके पास गया।

उसने पहले भी पेड़ देखे थे... हरे-भरे, जीवंत, सिखाने वाले।

लेकिन यह पहला पेड़ था जो उसे मरता हुआ दिख रहा था।

उसका गला सूख गया।

“तुम... ऐसे क्यों हो?” उसने धीमे स्वर में पूछा।

कुछ क्षणों तक सन्नाटा रहा।

फिर एक बहुत कमजोर, थकी हुई आवाज़ हवा में घुली—

“क्योंकि... अब मुझमें देने को कुछ बचा नहीं...”

प्रकृत का दिल जैसे रुक गया।

वह घुटनों के बल बैठ गया।

“किसने किया यह?” उसकी आवाज़ में पहली बार गुस्सा था।

पेड़ कुछ क्षणों तक चुप रहा...

फिर उसने कहा—

"किसी एक ने नहीं...
सबने मिलकर..."

हवा थोड़ी तेज़ चली।

सूखी शाखाएँ आपस में टकराईं—एक दर्द भरी आवाज़ के साथ।

"कभी पानी कम मिला...
कभी मिट्टी खोदी गई...
कभी मेरे आसपास के पेड़ काट दिए गए...
और कभी... मुझे बस नजरअंदाज कर दिया गया..."

प्रकृत की आँखों में आँसू आ गए।

उसे पहली बार एहसास हुआ—पेड़ अचानक नहीं मरते... उन्हें धीरे-धीरे मारा जाता है।

"क्या तुम्हें दर्द होता है?" उसने काँपती आवाज़ में पूछा।

पेड़ कुछ क्षणों तक चुप रहा...

फिर बहुत धीमे से बोला—

"जब पत्तियाँ गिरती हैं, तो दर्द नहीं होता...
लेकिन जब उम्मीद गिरती है... तब बहुत दर्द होता है..."

यह सुनकर प्रकृत का सिर झुक गया।

उसे अपने शहर की याद आई—कंक्रीट, धुआँ, कटते पेड़...
और अचानक उसे लगा जैसे वह भी इस दर्द का हिस्सा है।

हवा का एक झोंका आया।

लेकिन इस बार उसमें कोई संगीत नहीं था...
सिर्फ एक सूखी सरसराहट थी।

पेड़ ने फिर कहा—

"मनुष्य, तुम लोग हमेशा हरे पेड़ों के पास आते हो...
जब हम सूखने लगते हैं, तब कोई नहीं आता..."

प्रकृत के भीतर कुछ टूट गया।

अब वह सिर्फ सुन नहीं रहा था...
वह महसूस कर रहा था।

"क्या मैं कुछ कर सकता हूँ?" उसने पहली बार पूछा।

पेड़ ने कोई सीधा उत्तर नहीं दिया।

बस इतना कहा—

"अगर तुम सच में समझ गए हो...
तो अगला पेड़ मेरे जैसा नहीं होना चाहिए..."

प्रकृत धीरे-धीरे खड़ा हुआ।

उसकी आँखों में नमी थी... लेकिन इस बार उनमें एक निर्णय भी था।

आज जंगल ने उसे सिर्फ सिखाया नहीं...
आज जंगल ने उसे झकझोर दिया था।

अगर पेड़ बोलते

"मनुष्य, हमें बचाने की बात मत करो...
बस हमें मरने से रोक दो।"

नैतिक संदेश

प्रकृति अचानक नष्ट नहीं होती, उसे धीरे-धीरे अनदेखा करके खत्म किया जाता है—समय रहते जागना ही सबसे बड़ी जिम्मेदारी है।

76

काटे गए जंगल की चीख

प्रकृत उस सूखते पेड़ से आगे तो बढ़ गया...
लेकिन उसका मन वहीं अटका रह गया।

हर कदम भारी था।

जंगल की हर आवाज़ अब उसे अलग लग रही थी।

पहले जहाँ वह शांति महसूस करता था...
अब उसे एक दबा हुआ शोर सुनाई दे रहा था—जैसे कोई चुप रहकर भी चिल्ला रहा हो।

कुछ दूर चलने के बाद वह एक खुले स्थान पर पहुँचा...

और वहीं रुक गया।

उसके सामने जो था... वह उसने पहले कभी नहीं देखा था।

पूरा जंगल कटा हुआ था।

जहाँ कभी पेड़ रहे होंगे, वहाँ अब सिर्फ ठूंठ बचे थे।
टूटे हुए तने, बिखरी हुई शाखाएँ, और जमीन पर फैली सूखी पत्तियाँ...

जैसे किसी ने जीवन को बीच में ही काट दिया हो।

प्रकृत के पैर वहीं जम गए।

उसका दिल तेजी से धड़कने लगा।

"यह... क्या हुआ यहाँ?" उसकी आवाज़ खुद उसे भी सुनाई नहीं दी।

उसी समय हवा का एक झोंका आया।

लेकिन इस बार उसमें पत्तों की सरसराहट नहीं थी...

बल्कि एक चीख थी।

प्रकृत ने आँखें बंद कर लीं।

और तभी...

उसे लगा जैसे कई आवाज़ें एक साथ गूंज रही हैं—

"हमें क्यों काटा गया..."
"हमने क्या गलत किया..."
"हम तो सिर्फ देते थे..."

प्रकृत ने आँखें खोल दीं।

वह घबराकर चारों ओर देखने लगा।

वहाँ कोई नहीं था...

लेकिन फिर भी आवाज़ें थीं।

वह धीरे-धीरे एक कटे हुए तने के पास गया।

उसने हाथ रखा।

तना ठंडा था... लेकिन उसके भीतर जैसे कोई दर्द अभी भी बाकी था।

तभी एक गहरी, टूटी हुई आवाज़ सुनाई दी—

"मनुष्य... जब एक पेड़ कटता है,
तो सिर्फ एक तना नहीं गिरता..."

प्रकृत का शरीर सिहर उठा।

आवाज़ आगे बोली—

"एक घर टूटता है...
पक्षियों का आश्रय खत्म होता है...
मिट्टी की पकड़ ढीली हो जाती है...
और... हवा का संतुलन भी बिगड़ जाता है..."

प्रकृत की आँखें भर आईं।

उसे अब समझ आने लगा था—एक पेड़ सिर्फ पेड़ नहीं होता।

वह जीवन का हिस्सा होता है।

हवा फिर से चली।

इस बार धूल उड़ी...
और उस धूल में जैसे अतीत की झलक दिखी—

हरे-भरे पेड़...
पक्षियों का कलरव...
और फिर अचानक—
कुल्हाड़ी की आवाज़...
गिरते हुए तने...

प्रकृत ने सिर पकड़ लिया।

"बस करो..." वह चिल्लाया।

लेकिन आवाज़ें रुकने वाली नहीं थीं।

एक अंतिम, भारी आवाज़ गूंजी—

"तुम लोग हमें काटते हो...
और फिर कहते हो—प्रकृति बदल रही है..."

अब प्रकृत चुप था।

पूरी तरह चुप।

उसके पास कोई जवाब नहीं था।

वह धीरे-धीरे घुटनों के बल बैठ गया।

आज पहली बार उसे लगा—
मनुष्य सिर्फ प्रकृति का हिस्सा नहीं... बल्कि उसका विनाश भी बन गया है।

कुछ देर तक वह वहीं बैठा रहा।

फिर उसने मिट्टी को हाथ में उठाया।

वह सूखी थी... हल्की... जैसे उसकी ताकत छिन गई हो।

"मैं... अब क्या करूँ?" उसने खुद से पूछा।

इस बार कोई आवाज़ नहीं आई।

सिर्फ सन्नाटा।

लेकिन उस सन्नाटे में भी एक बात साफ थी—

अब सिर्फ सुनना काफी नहीं... कुछ करना होगा।

प्रकृत धीरे-धीरे उठा।

उसकी आँखों में दर्द था...
लेकिन अब उसके भीतर एक सवाल जल रहा था।

अगर पेड़ बोलते

"मनुष्य, जब तुम एक पेड़ काटते हो,
तो तुम अपने ही भविष्य को छोटा कर देते हो।"

नैतिक संदेश

प्रकृति का हर नुकसान अंततः मनुष्य के ही जीवन को प्रभावित करता है—विनाश का हर कदम भविष्य को कमजोर बनाता है।

77

बदलती बारिश का मौन संकेत

प्रकृत उस उजड़े हुए जंगल से आगे बढ़ तो गया...
लेकिन अब हर दृश्य उसे सवालों में बदलता जा रहा था।

आसमान धीरे-धीरे बादलों से भरने लगा था।

हवा में नमी थी... जैसे बारिश आने वाली हो।

पहले वह ऐसे मौसम को पसंद करता था—
बारिश, ठंडी हवा, मिट्टी की खुशबू...

लेकिन आज उसके भीतर एक अजीब-सा डर था।

कुछ ही देर में बूंदें गिरने लगीं।

प्रकृत एक बड़े पत्थर के पास खड़ा हो गया और आसमान की ओर देखने लगा।

पहली बूंद उसके चेहरे पर गिरी...

फिर दूसरी...

और फिर अचानक—

तेज़ बारिश शुरू हो गई।

इतनी तेज़ कि कुछ ही पलों में जमीन पर पानी भरने लगा।

मिट्टी बहने लगी... छोटे-छोटे गड्ढे बन गए...

प्रकृत चौंक गया।

“इतनी तेज़...?” उसने खुद से कहा।

उसी समय एक तेज़ बिजली चमकी और गर्जन हुआ।

बारिश अब और भी उग्र हो चुकी थी।

प्रकृत ने आसपास देखा—

जहाँ पहले पेड़ होते, वहाँ अब खाली जमीन थी...
और वही जमीन अब पानी के साथ बह रही थी।

तभी उसे एक धीमी लेकिन गंभीर आवाज़ सुनाई दी—

"मनुष्य... यह वही बारिश है...
जिसे तुमने बदल दिया है..."

प्रकृत ने चारों ओर देखा।

इस बार आवाज़ किसी पेड़ से नहीं...
जैसे आसमान से आ रही थी।

वह काँप गया।

"मैंने...?" उसने धीमे से पूछा।

आवाज़ गूंजी—

"जब पेड़ थे...
तो यही बारिश धीरे-धीरे गिरती थी...
मिट्टी उसे थाम लेती थी...
नदियाँ संतुलित रहती थीं..."

बारिश की बूंदें अब जमीन पर जोर से टकरा रही थीं।

आवाज़ और गहरी हो गई—

"लेकिन अब...
न पेड़ बचे...
न जड़ें...
न पकड़..."

प्रकृत ने देखा—

पानी तेजी से बह रहा था, जैसे किसी को रोकने वाला कोई नहीं।

"अब बारिश जीवन नहीं देती...
वह विनाश बन जाती है..."

प्रकृत के भीतर कुछ हिल गया।

उसे समझ आने लगा था—

प्रकृति बदल नहीं रही... उसे बदला जा रहा है।

बारिश थोड़ी धीमी हुई...

लेकिन अब जमीन की हालत खराब हो चुकी थी।

मिट्टी बह चुकी थी... छोटे पौधे उखड़ चुके थे...

प्रकृत ने घुटनों के बल बैठकर मिट्टी को छुआ।

वह गीली थी... लेकिन उसमें मजबूती नहीं थी।

तभी एक बहुत हल्की, लगभग टूटती हुई आवाज़ आई—

"हम पकड़ नहीं पाए..."

प्रकृत ने नीचे देखा।

एक छोटा-सा पौधा आधा उखड़ा हुआ था।
उसकी जड़ें बाहर आ गई थीं।
"हमने कोशिश की..." वह जैसे कह रहा था...
"लेकिन हम अकेले थे..."
प्रकृत की आँखें भर आईं।
अब उसे समझ आ चुका था—
जब पेड़ कम हो जाते हैं...
तो सिर्फ जंगल नहीं...
पूरा संतुलन टूट जाता है।
वह धीरे-धीरे खड़ा हुआ।
बारिश अब रुक चुकी थी।
लेकिन उसके भीतर सवालों का तूफान शुरू हो चुका था।
आज जंगल ने उसे एक और सच दिखाया था—
प्रकृति का हर बदलाव...
मनुष्य के कर्मों का ही परिणाम है।

अगर पेड़ बोलते

"मनुष्य, बारिश को दोष मत दो...
पहले यह देखो कि तुमने उसे क्या बना दिया है।"

नैतिक संदेश

प्रकृति का असंतुलन अचानक नहीं होता—यह मनुष्य के कार्यों का परिणाम होता है, जिसे समय रहते सनझना और सुधारना आवश्यक है।

78

मिट्टी का मौन क्रोध

बारिश रुक चुकी थी...
लेकिन उसका असर अभी भी हर ओर दिखाई दे रहा था।

प्रकृत धीरे-धीरे आगे बढ़ रहा था।

उसके कदम अब पहले जैसे हल्के नहीं थे।
हर कदम के साथ उसे ऐसा लग रहा था जैसे वह किसी गलती की जमीन पर चल रहा हो।

कुछ दूर जाने के बाद वह एक ढलान पर पहुँचा।

वहाँ का दृश्य देखकर वह ठिठक गया।

मिट्टी बह चुकी थी।

ऊपर की उपजाऊ परत गायब थी...
नीचे की सख्त, बेजान जमीन बाहर आ चुकी थी।

कुछ छोटे पौधे उखड़े हुए थे,
कुछ जड़ों समेत लटक रहे थे—जैसे पकड़ने की आखिरी कोशिश में हों।

प्रकृत धीरे-धीरे नीचे झुका।

उसने मिट्टी को हाथ में उठाया...

लेकिन इस बार वह मिट्टी नहीं थी—
वह बस धूल थी।

उसके हाथों से फिसलती हुई... बिना रुके... बिना थमे...

उसी क्षण एक गहरी, भारी आवाज़ गूंजी—

"मनुष्य... क्या तुम मुझे पहचानते हो?"

प्रकृत चौंक गया।

उसने चारों ओर देखा।

"कौन...?" उसने पूछा।

आवाज़ फिर आई—

"मैं... वही हूँ जिस पर तुम चलते हो...
जिससे तुम अन्न उगाते हो...
जिसमें तुम्हारे पेड़ खड़े होते हैं..."

प्रकृत की आँखें फैल गईं।

"मिट्टी...?" उसने धीरे से कहा।

"हाँ..." आवाज़ में एक थकान थी...
"लेकिन अब मैं पहले जैसी नहीं रही..."

प्रकृत चुप हो गया।

मिट्टी खुद बोल रही थी...

"जब पेड़ थे...
तो उनकी जड़ें मुझे थामे रखती थीं...
पत्तियाँ मुझे ढकती थीं...
बारिश मुझे सींचती थी..."

प्रकृत ध्यान से सुन रहा था।

आवाज़ अब थोड़ी कठोर हो गई—

"लेकिन अब...
तुमने पेड़ काट दिए...
मुझे खुला छोड़ दिया...
और फिर तेज बारिश ने मुझे बहा दिया..."

प्रकृत का सिर झुक गया।

"मैं... बिखर गई हूँ..." मिट्टी बोली...

"अब न मुझमें पहले जैसी ताकत है...
न जीवन को संभालने की क्षमता..."

हवा का एक झोंका आया।

धूल उड़ने लगी...

जैसे मिट्टी खुद अपने बिखरने का प्रमाण दे रही हो।

प्रकृत ने देखा—

जहाँ पहले हरियाली रही होगी,
अब वहाँ बस खालीपन था।

तभी मिट्टी की आवाज़ और गहरी हो गई—

"मनुष्य, जब मैं कमजोर हो जाती हूँ...
तो खेत बंजर हो जाते हैं...
पेड़ उगना बंद हो जाते हैं...
और अंत में... तुम्हारा जीवन भी..."

प्रकृत के शरीर में सिहरन दौड़ गई।

अब यह सिर्फ जंगल की बात नहीं थी...

यह उसके अपने अस्तित्व की बात थी।

वह घुटनों के बल बैठ गया।

उसने दोनों हाथों से मिट्टी को पकड़ने की कोशिश की...

लेकिन वह फिर भी फिसल गई।

जैसे कह रही हो—

“अब मुझे संभालना आसान नहीं...”

प्रकृत की आँखों से आँसू गिर पड़े।

“मैंने... कभी सोचा ही नहीं...” वह बुदबुदाया।

मिट्टी कुछ क्षणों तक चुप रही...

फिर बहुत धीमे, लेकिन गहरे स्वर में बोली—

“तुम लोग हमेशा फल देखते हो...
लेकिन जड़ें भूल जाते हो...”

यह सुनकर प्रकृत का दिल भारी हो गया।

आज जंगल ने उसे एक और कठोर सच दिखाया था—

अगर जड़ें कमजोर हो जाएँ...
तो कोई भी जीवन टिक नहीं सकता।

कुछ देर तक वह वहीं बैठा रहा।

फिर धीरे-धीरे खड़ा हुआ।

अब उसके कदमों में एक बोझ था...
लेकिन उसके भीतर एक जागरूकता भी जन्म ले चुकी थी।

अगर पेड़ बोलते

“मनुष्य, पेड़ों को बचाओ...
क्योंकि वही हमें थामे रखते हैं।”

नैतिक संदेश

मिट्टी और जड़ों की रक्षा करना ही जीवन की रक्षा है—प्रकृति का हर छोटा तत्व पूरे अस्तित्व से जुड़ा होता है।

79
आखिरी बचा हुआ वृक्ष

मिट्टी की बात सुनने के बाद प्रकृत कुछ देर तक वहीं खड़ा रहा। उसके भीतर जैसे एक भारी सन्नाटा उतर गया था।

अब वह सिर्फ देख नहीं रहा था... वह हर चीज़ को महसूस कर रहा था।

धीरे-धीरे वह आगे बढ़ा।

जंगल अब जंगल जैसा नहीं रहा था। पेड़ों की संख्या कम होती जा रही थी... खाली जगहें बढ़ती जा रही थीं...

और फिर—

वह रुक गया।

उसके सामने एक बहुत बड़ा, लेकिन अकेला पेड़ खड़ा था।

पूरे क्षेत्र में वही एक पेड़ बचा था।

चारों ओर सूखी जमीन... टूटे हुए ठूंठ... और बीच में खड़ा वह एक वृक्ष...

जैसे किसी युद्ध के बाद बचा हुआ अंतिम सैनिक।

प्रकृत धीरे-धीरे उसके पास गया।

उस पेड़ में अब भी हरियाली थी... लेकिन वह थका हुआ लग रहा था।

जैसे बहुत कुछ सहकर भी खड़ा हो।

"तुम... अकेले हो?" प्रकृत ने धीमे स्वर में पूछा।

कुछ क्षणों तक सन्नाटा रहा।

फिर एक गहरी, थकी हुई आवाज़ आई—

"हाँ... अब मैं ही बचा हूँ..."

प्रकृत का दिल बैठ गया।

"बाकी सब...?" उसने पूछा।

पेड़ ने धीमे से कहा—

"कुछ काट दिए गए...
कुछ सूख गए...
और कुछ... बस हार गए..."

हवा का एक झोंका आया।

उस अकेले पेड़ की पत्तियाँ हिलीं—
लेकिन उस आवाज़ में अब अकेलापन साफ झलक रहा था।

प्रकृत ने चारों ओर देखा—

अब उसे समझ आ रहा था कि खालीपन कितना भारी होता है।

"तुम... अब भी खड़े हो..." उसने कहा।

पेड़ ने उत्तर दिया—

"क्योंकि उम्मीद अभी भी बाकी है..."

प्रकृत चौंका।

"उम्मीद...?" उसने पूछा।

पेड़ ने कहा—

"हाँ...
जब तक एक भी पेड़ खड़ा है...
तब तक जंगल पूरी तरह खत्म नहीं हुआ..."

प्रकृत के भीतर हल्की-सी रोशनी जगी।

लेकिन उसी समय पेड़ की आवाज़ फिर गहरी हो गई—

"लेकिन अगर तुम लोग नहीं बदले...
तो अगली बार... शायद मैं भी न रहूँ..."

यह सुनकर प्रकृत का दिल कस गया।

अब यह चेतावनी थी...
सीधी... साफ...

वह कुछ पल चुप रहा।

फिर पहली बार उसने खुद से नहीं...
पेड़ से पूछा—

"अगर तुम भी चले गए...
तो क्या होगा?"

पेड़ ने कुछ क्षणों तक कोई उत्तर नहीं दिया...

फिर बहुत धीरे से बोला—

"फिर... सिर्फ सन्नाटा बचेगा..."

हवा रुक गई।

जैसे पूरा वातावरण उस उत्तर को सुनकर थम गया हो।

प्रकृत की आँखों में आँसू आ गए।

अब उसे समझ आ चुका था—

यह सिर्फ एक पेड़ नहीं...
यह आखिरी उम्मीद है।

वह धीरे-धीरे पेड़ के पास गया।

उसने उसके तने को छुआ।

इस बार उसे सिर्फ छाल नहीं...
जीवन की आखिरी धड़कन महसूस हुई।

"मैं तुम्हें अकेला नहीं छोड़ूँगा..."
उसने धीरे से कहा।

पेड़ कुछ नहीं बोला...

लेकिन उसकी पत्तियाँ हल्के से हिलीं—
जैसे उसने उस वचन को सुन लिया हो।

प्रकृत ने आखिरी बार चारों ओर देखा।

आज जंगल ने उसे सबसे बड़ा सच दिखाया था—

जब सब खत्म होने लगता है...
तब भी उम्मीद की एक किरण बची रहती है।

और अब...

वह उस किरण को बुझने नहीं देना चाहता था।

अगर पेड़ बोलते

"मनुष्य, जब तक एक भी जीवन बचा है,
तब तक सब कुछ खत्म नहीं हुआ।"

नैतिक संदेश

उम्मीद कभी पूरी तरह खत्म नहीं होती—लेकिन उसे बचाए रखने की जिम्मेदारी हमारे हाथों में होती है।

80

प्रकृत का प्रश्न

आखिरी बचे उस वृक्ष के सामने खड़े होकर प्रकृत के भीतर कुछ बदल चुका था।

अब वह सिर्फ सुनने वाला नहीं था...

अब उसके भीतर जिम्मेदारी जन्म ले चुकी थी।

उस रात वह जंगल में ही रुक गया।

चारों ओर सन्नाटा था...

लेकिन उसके मन में तूफान चल रहा था।

वह एक पत्थर पर बैठा, आकाश की ओर देखने लगा।

तारे वैसे ही थे...

आसमान वैसा ही था...

लेकिन अब प्रकृत वैसा नहीं था।

उसने धीरे-धीरे आँखें बंद कीं।

और पहली बार...

उसने खुद से नहीं, पूरे जंगल से सवाल किया—

"अब मैं क्या करूँ?"

कुछ क्षणों तक सब शांत रहा।

फिर हवा चली...

धीरे-धीरे...

फिर थोड़ी तेज़...

और फिर—

जैसे पूरा जंगल एक साथ बोल उठा।

पत्तियों की हल्की आवाज़...

दूर कहीं सूखी शाखाओं की खड़खड़ाहट...

मिट्टी की खुशबू...

और हवा की गूंज...

सब मिलकर एक उत्तर बन गए।

"तुमने अब तक देखा...
समझा...
महसूस किया..."

आवाज़ हर दिशा से आ रही थी।

प्रकृत स्थिर बैठा रहा।

"अब... करने का समय है..."

उसका दिल तेज़ी से धड़कने लगा।

"लेकिन... मैं अकेला हूँ..."
उसने धीरे से कहा।

हवा कुछ क्षणों के लिए शांत हो गई...

फिर एक गहरी, मजबूत आवाज़ आई—

"हर बदलाव...
एक ही मनुष्य से शुरू होता है..."

प्रकृत की आँखें खुल गईं।

उसने चारों ओर देखा।

अब उसे डर नहीं लग रहा था...
बल्कि एक अजीब-सी शक्ति महसूस हो रही थी।

"मैं क्या कर सकता हूँ?" उसने फिर पूछा।

इस बार जवाब और स्पष्ट था—

"जहाँ एक पेड़ गिरा है...
वहाँ एक नया लगाओ..."

"जहाँ लोग भूल गए हैं...
उन्हें याद दिलाओ..."

"जहाँ प्रकृति कमजोर है...
वहाँ उसका साथ बनो..."

प्रकृत का गला भर आया।

यह कोई साधारण उत्तर नहीं था...

यह एक जिम्मेदारी थी।

वह धीरे-धीरे खड़ा हुआ।

उसने अपने चारों ओर देखा—
सूखी जमीन...
कटे हुए पेड़...

और वह आखिरी वृक्ष...

अब यह सब उसे बोझ नहीं लग रहा था...

यह उसका काम बन चुका था।

"क्या मैं सच में बदल सकता हूँ कुछ?"

उसने आखिरी बार पूछा।

इस बार कोई शब्द नहीं आया...

बस हवा ने उसके चेहरे को छुआ...

और उस स्पर्श में जैसे एक उत्तर था—

"अगर तुम नहीं... तो कौन?"

प्रकृत की आँखों में अब आँसू नहीं थे।

वहाँ एक दृढ़ता थी।

आज जंगल ने उसे केवल सिखाया नहीं...

आज जंगल ने उसे चुन लिया था।

अगर पेड़ बोलते

"मनुष्य, सवाल पूछना अच्छा है...
लेकिन उत्तर बनना और भी जरूरी है।"

नैतिक संदेश

सिर्फ समझना काफी नहीं—सही समय पर कार्य करना ही सच्ची जागरूकता और जिम्मेदारी का प्रमाण है।

81

पेड़ों की अंतिम वाणी

रात गहराती जा रही थी।

आसमान में तारे शांत थे...

लेकिन जंगल के भीतर एक अनकही हलचल थी।

प्रकृत अब खड़ा था—

पहले जैसा नहीं...

अब उसके भीतर प्रश्न नहीं, बल्कि उत्तर बनने की तैयारी थी।

उसने आखिरी बार आँखें बंद कीं।

और तभी...

हवा एकदम से तेज़ हुई।

सूखे पत्ते उड़ने लगे...

टूटे हुए तनों के बीच से एक गूंज उठी...

जैसे पूरा जंगल एक साथ बोलना चाहता हो।

और फिर—

एक गहरी, शक्तिशाली, और गंभीर आवाज़ चारों ओर फैल गई—

"मनुष्य..."

यह आवाज़ किसी एक पेड़ की नहीं थी...

यह पूरे जंगल की आवाज़ थी।

प्रकृत स्थिर खड़ा रहा।

उसका दिल धड़क रहा था...

लेकिन इस बार वह डरा नहीं।

आवाज़ आगे बोली—

"हमने तुम्हें छाया दी...

फल दिए...

सांसें दी..."

हवा और तेज़ हो गई।

"हमने कभी कुछ नहीं माँगा..."

अब आवाज़ में हल्का दर्द था...

"लेकिन तुमने...
हमें समझा नहीं..."

प्रकृत की आँखें नम हो गईं।

वह कुछ बोलना चाहता था...
लेकिन शब्द उसके पास नहीं थे।

आवाज़ अब और गहरी हो गई—

"हम तुम्हारे शत्रु नहीं थे...
हम तुम्हारा आधार थे..."

कुछ क्षणों के लिए सन्नाटा छा गया...

फिर आवाज़ एक चेतावनी में बदल गई—

"अगर तुमने अब भी नहीं समझा...
तो वह दिन दूर नहीं...
जब न छाया होगी...
न बारिश संतुलित होगी...
न मिट्टी उपजाऊ रहेगी..."

प्रकृत के शरीर में सिहरन दौड़ गई।

यह डर नहीं था...
यह सच्चाई थी।

"और तब..." आवाज़ धीमी हो गई...

"तुम्हें याद आएगा...
कि तुमने क्या खो दिया..."

प्रकृत की आँखों से आँसू बहने लगे।

उसने सिर झुका लिया।

"हम तुम्हें डराने नहीं आए..."
आवाज़ अचानक कोमल हो गई—

"हम तुम्हें जगाने आए हैं..."

हवा अब शांत होने लगी थी।

"अभी भी समय है..."

"अभी भी जीवन बचा है..."

"अभी भी उम्मीद बाकी है..."

प्रकृत ने धीरे-धीरे सिर उठाया।
उसकी आँखों में दर्द था...
लेकिन अब उनमें एक आग भी थी।
आवाज़ ने आखिरी बार कहा—
"मनुष्य, याद रखो—
प्रकृति तुम्हारे बिना भी रह सकती है...
लेकिन तुम प्रकृति के बिना नहीं..."
और फिर...
सब शांत हो गया।
हवा रुक गई...
पत्तियाँ स्थिर हो गईं...
जंगल फिर से मौन हो गया।
लेकिन इस बार वह मौन खाली नहीं था...
वह एक अंतिम वाणी था—
जो अब हमेशा प्रकृत के भीतर गूंजेगा।
प्रकृत धीरे-धीरे घुटनों के बल बैठ गया।
उसने हाथ जोड़ लिए।
आज उसने केवल सुना नहीं...
आज उसने स्वीकार किया।

अगर पेड़ बोलते

"मनुष्य, हम तुम्हारे लिए खड़े थे...
अब तुम्हें हमारे लिए खड़ा होना होगा।"

नैतिक संदेश

प्रकृति का सम्मान और संरक्षण ही मानव अस्तित्व की सुरक्षा है—समय रहते चेतना ही भविष्य को बचा सकती है।

82

मनुष्य का निर्णय

रात बीत चुकी थी।

सुबह की पहली किरण जब जंगल पर पड़ी, तो सब कुछ पहले जैसा ही दिखाई दे रहा था... लेकिन एक चीज़ बदल चुकी थी—

प्रकृत।

वह धीरे-धीरे उठा।

उसकी आँखों में अब थकान नहीं थी... वहाँ एक स्पष्टता थी।

कल तक वह जंगल से सीख रहा था... आज वह जंगल के लिए जीने का निर्णय लेकर खड़ा था।

उसने चारों ओर देखा—

सूखी मिट्टी... कटे हुए पेड़... और दूर खड़ा वह आखिरी वृक्ष...

अब ये सब उसे सिर्फ दुख नहीं दे रहे थे...

यह उसका काम बन चुके थे।

वह उस आखिरी वृक्ष के पास गया।

कुछ पल चुप खड़ा रहा...

फिर उसने धीरे से कहा—

"मैंने सुन लिया है... और अब मैं रुकने वाला नहीं हूँ..."

हवा हल्के से चली।

पेड़ की पत्तियाँ धीरे-धीरे हिलीं— जैसे वह इस निर्णय का साक्षी बन रहा हो।

प्रकृत ने नीचे झुककर मिट्टी को हाथ में लिया।

इस बार वह मिट्टी उसे कमजोर नहीं लगी...

बल्कि एक अवसर जैसी लगी।

"यहीं से शुरुआत होगी..." उसने खुद से कहा।

उसने चारों ओर देखा...

उसे एक छोटा-सा गड्ढा नजर आया—
शायद कभी यहाँ कोई पौधा रहा होगा...

वह वहीं बैठ गया।

अपने हाथों से उसने मिट्टी को समेटा...

और पास पड़े एक छोटे पौधे को सावधानी से उठाया—
जो बारिश में उखड़ गया था, लेकिन अभी भी जीवित था।

उसने उसे उस गड्ढे में लगाया।

धीरे-धीरे...
संभालकर...

जैसे कोई नई उम्मीद बो रहा हो।

उसने मिट्टी को उसके चारों ओर दबाया...

और फिर कुछ पल चुप बैठा रहा।

हवा चली...

और उस छोटे पौधे की पत्तियाँ हल्के से हिलीं।

प्रकृत मुस्कुराया।

यह मुस्कान पहली बार थी—
जो दर्द के बाद आई थी।

"यह सिर्फ शुरुआत है..." उसने कहा।

वह खड़ा हुआ।

अब उसके कदमों में हल्कापन था...
लेकिन साथ ही एक उद्देश्य भी।

"मैं अकेला हूँ...
लेकिन मैं रुकूँगा नहीं..."

उसने आसमान की ओर देखा।

सूरज अब पूरी तरह उग चुका था।

उसकी किरणें पूरे जंगल में फैल रही थीं...

जैसे एक नई शुरुआत का संकेत दे रही हों।

प्रकृत ने आखिरी बार पीछे मुड़कर देखा—

वह छोटा-सा पौधा...
और दूर खड़ा आखिरी वृक्ष...
अब वह अकेला नहीं था।

अगर पेड़ बोलते

“मनुष्य, बदलाव की शुरुआत छोटी होती है...
लेकिन उसका असर बहुत बड़ा होता है।”

नैतिक संदेश

एक छोटा कदम भी बड़े परिवर्तन की शुरुआत बन सकता है—जरूरी है साहस और संकल्प के साथ पहला कदम उठाना।

83

नई शुरुआत

सूरज अब पूरी तरह उग चुका था।

उसकी किरणें जंगल के हर कोने को छू रही थीं—
सूखी जमीन, कटे हुए तने, और वह छोटा-सा पौधा...
जिसे प्रकृत ने अभी-अभी लगाया था।

प्रकृत कुछ देर तक उसे देखता रहा।

उस छोटे से पौधे में कोई विशेषता नहीं थी...
न वह बड़ा था, न मजबूत...

लेकिन फिर भी उसमें कुछ था—

एक शुरुआत।

प्रकृत ने गहरी साँस ली।

अब उसके मन में कोई भ्रम नहीं था।

उसे पता था—
जो कुछ उसने देखा, वह केवल जंगल की कहानी नहीं थी...

वह पूरे संसार की सच्चाई थी।

उसने अपने कपड़ों की धूल झाड़ी और चलने लगा।

लेकिन इस बार उसकी दिशा अलग थी—

वह जंगल से बाहर की ओर जा रहा था।

कुछ दूर चलने के बाद उसे एक छोटा गाँव दिखाई दिया।

लोग अपने काम में लगे थे...
बच्चे खेल रहे थे...
कुछ लोग पेड़ों की छाया में बैठे थे...

सब कुछ सामान्य लग रहा था।

लेकिन अब प्रकृत के लिए यह “सामान्य” नहीं था।

वह एक बुजुर्ग व्यक्ति के पास गया जो पेड़ के नीचे बैठा था।

"बाबा," उसने विनम्रता से कहा,

"क्या आपने कभी सोचा है कि अगर ये पेड़ न रहें तो क्या होगा?"

बुज़ुर्ग ने उसे देखा...

थोड़ा मुस्कुराए... और बोले—

"बेटा, पेड़ तो हमेशा से हैं...

ऐसा कैसे हो सकता है कि वे न रहें?"

प्रकृत कुछ क्षणों के लिए चुप हो गया।

फिर उसने धीरे से कहा—

"मैंने देखा है...

और अगर हम नहीं बदले...

तो यह सच हो सकता है..."

बुज़ुर्ग की मुस्कान धीरे-धीरे गायब हो गई।

उन्होंने ध्यान से उसकी बात सुनी।

धीरे-धीरे वहाँ और लोग इकट्ठा होने लगे।

प्रकृत ने सबको वह सब बताया जो उसने जंगल में देखा था—

सूखता हुआ पेड़...

कटा हुआ जंगल...

बहती मिट्टी...

और आखिरी बचा हुआ वृक्ष...

लोग चुप होकर सुनते रहे।

उनके चेहरों पर चिंता दिखाई देने लगी।

एक युवक बोला—

"तो हम क्या कर सकते हैं?"

यह वही सवाल था...

जो कभी प्रकृत ने जंगल से पूछा था।

इस बार प्रकृत ने बिना रुके उत्तर दिया—

"हम शुरुआत कर सकते हैं..."

"हर घर एक पेड़ लगाए..."

"हर बच्चा एक पौधे की जिम्मेदारी ले..."

"और हम सब मिलकर इस जमीन को फिर से हरा करें..."

कुछ क्षणों तक सन्नाटा रहा...

फिर धीरे-धीरे लोगों ने सिर हिलाना शुरू किया।

एक बच्चा आगे आया और बोला—

"मैं एक पेड़ लगाऊँगा!"
फिर एक और...
"मैं भी...'
और फिर धीरे-धीरे कई आवाज़ें एक साथ उठीं—
"हम भी..."
प्रकृत की आँखों में चमक आ गई।
आज उसने अकेले शुरुआत नहीं की थी...
आज एक विचार ने कई दिलों को छू लिया था।
कुछ ही देर में लोग मिट्टी, पानी और पौधे लाने लगे।
बच्चे हँसते हुए गड्ढे खोदने लगे...
बुजुर्ग मार्गदर्शन देने लगे...
और देखते ही देखते—
सूखी जमीन पर नए जीवन की शुरुआत होने लगी।
प्रकृत एक तरफ खड़ा यह सब देख रहा था।
उसके चेहरे पर एक शांत संतोष था।
आज जंगल की सीख...
समाज तक पहुँच चुकी थी।

अगर पेड़ बोलते

"मनुष्य, जब तुम अकेले से मिलकर साथ बन जाते हो,
तब बदलाव निश्चित हो जाता है।"

नैतिक संदेश

जब जागरूकता समाज तक पहुँचती है, तो परिवर्तन संभव हो जाता है—एक व्यक्ति की पहल पूरे समुदाय को बदल सकती है।

84

अगर पेड़ फिर बोलें...

समय बीत चुका था।

जहाँ कभी सूखी जमीन थी, वहाँ अब छोटे-छोटे पौधे उगने लगे थे।
गाँव के लोग अब केवल बात नहीं करते थे...
वे हर दिन कुछ न कुछ करते थे।

बच्चे अपने पौधों को पानी देते...
बुजुर्ग उन्हें संभालना सिखाते...
और धीरे-धीरे...

धरती फिर से साँस लेने लगी थी।

प्रकृत एक दिन उसी स्थान पर वापस आया—
जहाँ उसने पहला पौधा लगाया था।

वह अब थोड़ा बड़ा हो चुका था।

उसकी पत्तियाँ हरी थीं...
और हवा के साथ धीरे-धीरे हिल रही थीं।

प्रकृत उसके पास बैठ गया।

उसने आँखें बंद कीं...

और जैसे अतीत की सारी आवाज़ें फिर से सुनाई देने लगीं—

सूखता पेड़...
कटे जंगल की चीख...
मिट्टी का दर्द...
और वह आखिरी वृक्ष...

लेकिन इस बार...

इन सबके बीच एक नई आवाज़ भी थी—

उम्मीद की।

हवा हल्के से चली।
पौधों की पत्तियाँ एक साथ हिलने लगीं...
और उस सरसराहट में जैसे एक कोमल स्वर गूंजा—
"मनुष्य... तुमने सुन लिया..."
प्रकृत की आँखें धीरे-धीरे खुलीं।
उसने चारों ओर देखा।
अब यह जंगल पहले जैसा नहीं था...
लेकिन अब वह वैसा भी नहीं था जैसा वह उजड़ चुका था।
यह फिर से बन रहा था।
आवाज़ फिर आई—
"हम हमेशा बोलते थे...
बस तुम सुन नहीं पाते थे..."
प्रकृत के चेहरे पर हल्की मुस्कान आई।
"और अब?" उसने धीरे से पूछा।
हवा ने उसके चेहरे को छुआ...
"अब तुम सिर्फ सुन नहीं रहे...
तुम समझ रहे हो..."
प्रकृत ने उस छोटे पेड़ को देखा।
"क्या तुम फिर से पूरी तरह लौट आओगे?" उसने पूछा।
कुछ क्षणों तक सन्नाटा रहा...
फिर एक शांत उत्तर आया—
"अगर तुम ऐसे ही साथ देते रहे...
तो हम फिर से जंगल बन जाएंगे..."
प्रकृत की आँखों में चमक आ गई।
उसे अब समझ आ गया था—
प्रकृति को बचाने के लिए बड़े चमत्कार नहीं...
छोटे-छोटे निरंतर प्रयास चाहिए।
वह धीरे-धीरे खड़ा हुआ।
उसने आखिरी बार उस स्थान को देखा—
अब वहाँ सिर्फ यादें नहीं थीं...
वहाँ भविष्य था।

अगर पेड़ बोलते

"मनुष्य, हम हमेशा बोलते हैं...
बस तुम्हें दिल से सुनना आना चाहिए।"

नैतिक संदेश

जब मनुष्य सच में समझने लगता है, तब प्रकृति भी फिर से जीवन देने लगती है—संतुलन और सह-अस्तित्व ही भविष्य का मार्ग है।

85
जंगल की अंतिम सीख

संध्या का समय था।

सूरज धीरे-धीरे ढल रहा था, और उसकी सुनहरी किरणें नए उगते पेड़ों पर पड़ रही थीं। हल्की हवा चल रही थी... और इस बार उसमें फिर से वही पुरानी शांति लौट आई थी।

प्रकृत एक ऊँचे स्थान पर खड़ा पूरे क्षेत्र को देख रहा था।

जहाँ कभी सूखा, बंजर और उजड़ा हुआ दृश्य था...
वहाँ अब जीवन लौटने लगा था।

छोटे-छोटे पौधे...
नई हरी पत्तियाँ...
और लोगों के चेहरों पर उम्मीद...

सब कुछ बदल रहा था।

लेकिन सबसे बड़ा परिवर्तन...
प्रकृत के भीतर हुआ था।

वह धीरे-धीरे नीचे उतरा और उसी स्थान पर आकर बैठ गया,
जहाँ से उसकी यात्रा वास्तव में बदलनी शुरू हुई थी।

उसने आँखें बंद कीं।

कुछ क्षणों तक केवल हवा की हल्की आवाज़ थी...

फिर जैसे जंगल ने आखिरी बार उससे बात की—

एक शांत... गहरी... और स्थिर आवाज़—

"मनुष्य..."

प्रकृत ने बिना आँखें खोले ध्यान से सुना।

"तुमने हमें सुना...
समझा...
और फिर अपनाया..."

आवाज़ में अब कोई दर्द नहीं था...

सिर्फ संतोष था।

"यही हमारी सबसे बड़ी सीख है..."

प्रकृत की साँसें गहरी हो गईं।

"प्रकृति को जीतने की कोशिश मत करो... उसके साथ चलना सीखो..."

हवा हल्के से चली।

पत्तियाँ धीरे-धीरे हिलीं— जैसे हर पेड़ उस वाणी का समर्थन कर रहा हो।

"हम तुम्हारे लिए नहीं हैं... और तुम हमारे लिए नहीं..."

कुछ क्षणों का विराम...

फिर आवाज़ और गहरी हो गई—

"हम सब... एक-दूसरे के लिए हैं..."

प्रकृत की आँखों से एक शांत आँसू गिरा।

यह दुख का नहीं था...

यह समझ का आँसू था।

"जब तुम यह समझ जाओगे... तब न जंगल उजड़ेगा... न जीवन डगमगाएगा..."

धीरे-धीरे आवाज़ हल्की होती गई...

और फिर...

वह पूरी तरह शांत हो गई।

प्रकृत ने आँखें खोलीं।

सूरज अब ढल चुका था... लेकिन आकाश में एक हल्की रोशनी बाकी थी।

वह खड़ा हुआ।

उसने चारों ओर देखा—

अब यह सिर्फ जंगल नहीं था...

यह एक सीख था... एक अनुभव... एक परिवर्तन।

उसने अपने हाथों को मिट्टी से छुआ...

और धीरे से कहा—

"मैं याद रखूँगा..."

हवा चली...

और इस बार उसमें कोई चेतावनी नहीं थी...
सिर्फ एक शांत आशीर्वाद था।

अगर पेड़ बोलते

"मनुष्य, जब तुम प्रकृति के साथ चलना सीख जाते हो,
तभी जीवन का संतुलन बनता है।"

नैतिक संदेश

प्रकृति और मनुष्य का संबंध प्रतिस्पर्धा का नहीं, सह-अस्तित्व का है—इसी संतुलन में जीवन की सच्ची शांति और स्थिरता छिपी है।

अगर पेड़ बोलते

अगर पेड़ बोलते

हवा के संग धीरे-धीरे झूमते ये वन,
चुप रहकर भी कहते हैं जीवन के कथन,
हमने दी छाया, दिया हरियाली का दान,
अगर पेड़ बोलते...
तपती धूप में तुमको ठंडक हमने दी,
हर सांस में जीवन की खुशबू हमने भरी,
बदले में बस चाही थोड़ी-सी पहचान,
अगर पेड़ बोलते...
तुम भागते रहे अपनी ही दुनिया में खोकर,
हम खड़े रहे हर मौसम को चुपचाप सहकर,
कभी तो ठहरकर सुनते हमारा भी गान,
अगर पेड़ बोलते...
जब तुमने कुल्हाड़ी से हमें काट दिया,
हमने दर्द को भी चुप रहकर सह लिया,
पर टूट गया कहीं भीतर का सम्मान,
अगर पेड़ बोलते...
सूखती जड़ों में भी जीवन की आस रही,
हर गिरती पत्ती में भी एक आवाज़ रही,
"मत छीनो हमसे ये धरती का वरदान",
अगर पेड़ बोलते...
हम ही से वर्षा, हम ही से हरियाली है,
हमसे ही धरती की हर एक खुशहाली है,
हम बिन सूना हो जाएगा सारा जहान,
अगर पेड़ बोलते...
छोटे से बीज में भी भविष्य छुपा होता,
धीरे-धीरे बढ़कर वो वृक्ष बड़ा होता,
बस चाहिए थोड़ा प्रेम और सम्मान,
अगर पेड़ बोलते...

मनुष्य, तुम क्यों इतना अभिमान करते हो?
प्रकृति से दूर होकर खुद को महान कहते हो?
याद रखो, हमसे ही है तुम्हारी पहचान,
अगर पेड़ बोलते...

आज भी समय है, अब भी कुछ बदल सकता है,
हर सूखा जंगल फिर से हरा हो सकता है,
बस एक कदम बढ़ाओ, बन जाओ इंसान,
अगर पेड़ बोलते...

जब तुम लगाओगे एक नया पौधा कहीं,
वहीं से शुरू होगी नई जिंदगी यहीं,
फिर गूंजेगा हरियाली का मधुर गान,
अगर पेड़ बोलते...

एक दिन फिर ये जंगल मुस्कुराएंगे,
पक्षी फिर से मधुर गीत सुनाएंगे,
धरती फिर से ओढ़ेगी हरियाली की शान,
अगर पेड़ बोलते...

और उस दिन शायद हम चुप ही रहेंगे,
क्योंकि तुम खुद सब कुछ समझ चुके होंगे,
फिर दिल ही दिल में कहोगे तुम ये अरमान—
अगर पेड़ बोलते...

अंतिम पंक्ति

प्रकृति हमें जीवन देती है...
अब जीवन को बचाना हमारी जिम्मेदारी है।

समापन

समापन

अंतिम संदेश

यह सिर्फ एक कहानी नहीं थी...
    यह एक यात्रा थी—
एक ऐसे मनुष्य की, जिसने जंगल में जाकर पेड़ों की आवाज़ सुनी...
और फिर अपने भीतर की आवाज़ को पहचान लिया।
    प्रकृत की यात्रा कहीं बाहर नहीं हुई...
वह हर उस व्यक्ति के भीतर होती है,
जो कभी ठहरकर जीवन को समझने की कोशिश करता है।
    पेड़ों ने उसे बहुत कुछ सिखाया—
धैर्य, संतुलन, त्याग, एकता, और सबसे महत्वपूर्ण—सह-अस्तित्व।
    लेकिन इस कहानी का असली अंत यहाँ नहीं है...
    असली अंत तब होगा,
जब आप इस कहानी को अपने जीवन में आगे बढ़ाएँगे।

आपसे एक प्रश्न

क्या आपने कभी किसी पेड़ को सच में देखा है?
    सिर्फ देखा नहीं...
महसूस किया है?
    क्या आपने कभी सोचा है—
वह बिना कुछ माँगे कितना कुछ दे रहा है?
    अब जब आपने यह यात्रा पूरी कर ली है...
    क्या आप एक छोटा-सा कदम उठाएँगे?

एक छोटा-सा संकल्प

अगर आप सच में इस कहानी को समझ पाए हैं,
तो खुद से एक वादा कीजिए—

मैं हर साल कम से कम एक पेड़ लगाऊँगा/लगाऊँगी
मैं पेड़ों और प्रकृति को नुकसान नहीं पहुँचाऊँगा
मैं दूसरों को भी इसके महत्व के बारे में बताऊँगा
मैं प्रकृति के साथ संतुलन में जीने की कोशिश करूँगा
यह वादा किसी और से नहीं...

अपने आप से कीजिए।

छोटे-छोटे कदम, बड़ा बदलाव

आप बहुत बड़ा बदलाव अकेले नहीं ला सकते...
लेकिन एक शुरुआत जरूर कर सकते हैं—

अपने घर या आसपास एक पौधा लगाएँ
उसे पेड़ बनने तक संभालें
पानी बचाएँ
प्लास्टिक का कम उपयोग करें
बच्चों को प्रकृति के बारे में सिखाएँ
याद रखिए—
प्रकृति को बचाने के लिए बड़े काम नहीं...

सच्चे इरादे चाहिए।

लेखक की ओर से

जब मैंने यह पुस्तक लिखना शुरू किया था,
तो यह केवल एक विचार था—
"अगर पेड़ बोलते तो क्या कहते?"

लेकिन लिखते-लिखते यह एक प्रश्न नहीं रहा...
यह एक सच्चाई बन गया।

हर अध्याय के साथ मुझे यह महसूस हुआ कि
हम केवल प्रकृति से दूर नहीं हो रहे...
हम खुद से भी दूर होते जा रहे हैं।

यह पुस्तक लिखना मेरे लिए केवल एक रचना नहीं था—
यह एक अनुभव था, एक सीख थी, और एक जिम्मेदारी भी।

अगर इस किताब ने आपको एक पल के लिए भी सोचने पर मजबूर किया है... तो इसका उद्देश्य पूरा हो गया।

www.ingramcontent.com/pod-product-compliance
Lightning Source LLC
LaVergne TN
LVHW100310210926
848480LV00003B/1075
* 9 7 9 8 9 0 4 7 9 2 4 2 8 *